Antología

ENTRE AMIGOS PURO CUENTO

Antología

ENTRE AMIGOS PURO CUENTO

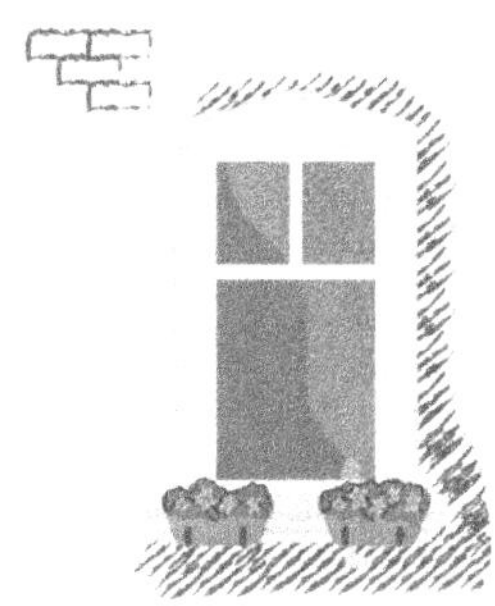

ANA

CARLOS

GLENDA

LIZKA

PAULINO

COSTARELOS

LUIS THURBER

LAURA ROS

CONTENIDO

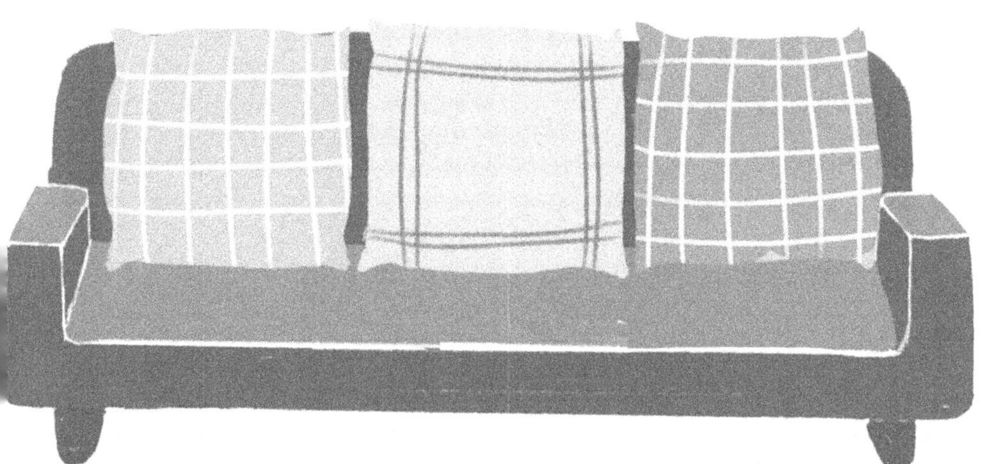

Prólogo

EL VUELO DEL CUENTO

Por Marco Ponce Adroher

> *El cuento debe ser presentado al lector como un fruto de numerosas cáscaras que van siendo desprendidas a los ojos de un niño goloso.*
>
> Juan Bosch,
> *Apuntes sobre el arte de escribir cuentos*

I

Aventurarse en el cuento es introducirse en un mundo lleno de vericuetos y sorpresas, en una realidad aparte. Por supuesto, el primer sorprendido es el escritor/a al tener que sortear esos laberintos para no quedar atrapado en los mismos o perder el norte.

Esto han hecho los ocho cuentistas que forman *Entre amigos puro cuento*: discurrieron por distintos escenarios dejándose llevar por sus personajes –seres humanos, esencias, universos, u otros tipos de existencias– quienes los sumergieron en sus mundos para mostrarles, apenas, retazos de sus vidas, y así quedaron plasmadas las experiencias en el papel. Se dejan entrever los abismos y paisajes luminosos, dudas y certezas, una pléyade de pensamientos o él sinsentido.

Escritores de distintas generaciones, géneros y formaciones profesionales, se alinearon y produjeron quince cuentos de temas y extensión diversa, como heterogénea es la creación literaria.

Es una muestra de la variedad cuentística que se está creando en los últimos años en Panamá, apoyada por talleres individuales dictados por escritores, el Diplomado en Creación Literaria de la Universidad Tecnológica de Panamá, o el Programa de Formación de Escritores (PROFE) del Ministerio de Cultura, además del interés y gusto personal de quienes escriben. También cabe destacar que recientemente se publicó una antología que recoge cuentos de 95 escritores, siendo una muestra significativa de este género y una de las más completas de esta segunda decena del siglo XXI.

A esta altura es momento de responderse qué es un cuento. Las definiciones y explicaciones junto a decálogos, llenan ensayos, manuales y proyectos universitarios. Ricardo Piglia en su «Tesis sobre el cuento», punto 11, nos dice: «El cuento se construye para hacer aparecer artificialmente algo que estaba oculto. Reproduce la búsqueda siempre renovada de una experiencia única que nos permita ver, bajo la superficie opaca de la vida una verdad secreta». Más adelante añade: «Esa iluminación profana se ha convertido en la forma del cuento».

Mempo Giardinelli explica: «Sin ánimo de definir, diré que para mí un cuento es como estar en una infinita serie de focos apagados. De pronto, sé que uno va a encenderse y me agazapo, me pongo alerta; debo estar dispuesto sólo a mirar su luz, a dejarme encandilar, debo descubrir todas sus facetas, describirlas, sentirlas, exponerlas, analizarlas cuidadosamente».

Por su parte, Flannery O'Connor comenta: «Uno cuenta un cuento porque una simple enunciación resultaría inadecuada. Cuando alguien pregunta de qué trata un cuento, la única respuesta apropiada es indicarle que lo lea. El significado de la ficción no es un significado abstracto, sino un significado que se experimenta, y el único objetivo de hacer enunciaciones acerca del significado de un cuento es ayudar a experimentar más plenamente ese significado».

La verdadera definición, a mi entender, está contenida en el mismo cuento. Si nos impacta o nos mueve la conciencia, si nos deja pensando sobre lo acontecido en la historia, si el relato mantiene la tensión en ese corto espacio precioso de la palabra, si quedamos con la boca abierta ante un final inesperado, estamos ante un cuento.

La idea para un cuento está escondida en el interior del escritor, muchas veces en un sitio difícil de llegar. Tarda tiempo en «revelarse», y a veces lo hace de forma sutil o fragmentada, entonces es necesario estar atento a ese momento para no perderlo. Recuerdo el título de un cuento de Magdalena Camargo Lemieszek, «Todos los cuentos anidan en tu vientre», y así lo siento, están en el vientre, o en alguna otra parte de nuestra mente, esperando el instante oportuno para salir, ni antes ni después. En algún momento el cuento toma vuelo, despliega las alas y con dificultad al principio, se eleva un poco, luego más hasta remontar el espacio literario y extenderse sobre el horizonte de infinitas posibilidades. Porque así es este género, infinito en formas de expresión y aunque un tema pueda repetirse múltiples veces, la forma de contar el mismo es una creación única, con sus propias características, tiempo, rima, métrica y tipo de lenguaje.

Por supuesto que los cuentos, todos ellos, tienen retazos de sus antecesores, pues se van montando uno sobre el otro, aunque aparezcan como grandes originales. La originalidad corresponde en todo caso, al tratamiento de los símbolos, al giro literario, al manejo del lenguaje, a la interpretación del tema, a la forma de escoger las palabras en los párrafos para darle el sentido estético que resulte en un escrito memorable y, por cierto, esto es subjetivo.

En una pregunta realizada a Xavier Oquendo, escritor ecuatoriano, si consideraba al cuento un género específico y autónomo, respondió: «Absolutamente. El cuento tiene una autonomía total. El cuentista piensa su historia en la forma ágil, en el final contundente, en los personajes específicos, en la brevedad, en la concisión. El argumento del cuento debe ser razonado para esa forma. El cuento no es un fragmento de realidad, es un planeta pequeño, un flash completo, cerrado, absoluto».

En esta antología nos encontramos con los elementos descritos por Oquendo. También son escritos cuyos temas tocan elementos de ciencia ficción, aspectos históricos, cuestiones existenciales, violencia de género, situaciones ridículas y humorísticas. Y, tenemos reunidos a un conjunto de nuevas plumas que no habíamos visto anteriormente. Sus escritos constituyen una promesa literaria y se consolidarán en la medida en que se comprometan con la escritura y publiquen nuevas obras. La escritora Ottessa Monshfegh anotó en una entrevista que «Un buen cuento puede romper mi corazón de una manera que la novela no es capaz. La novela requiere muchos retoques humanos. Las huellas dactilares del autor están por todas partes. Cuando leo un cuento, uno bueno, el autor desaparece para mí. Los cuentos son espirituales en ese sentido. Aparecen como de la nada». Si es así en el caso que nos ocupa, el vuelo del cuento será largo.

II

Entre amigos puro cuento está compuesto por las escritoras Ana Lights, Glenda Lawrence, Laura Ros, Lizka Johany, Zoraida Costarelos; y los escritores Carlos Alberto Mazuera, Luis Thurber y Paulino Bocanegra Q.

Ana Lights nos presenta tres cuentos: «A veces me gustaría hacer lo que pienso y otras veces me gustaría estar muerto», «Colores» y «El universo fatigado». Entre elementos fantásticos, aspectos filosóficos y ciencia ficción, discurren estos escritos donde pareciera no haber finales felices. Allí radica la magia del relato, porque en realidad sí hay salidas dentro de una estructura poco común y de propia cosecha de la autora.

El primer cuento de Lights contiene aspectos alucinantes y el frío es el hilo conductor de la narración. A medida que avanzamos, sentimos como ese frío recorre nuestro cuerpo y nos vemos observados por el espejo como le ocurre a Federico, un protagonista que se va difuminando hacia el final del relato mientras avanza su tristeza. Estamos frente al frío de la incomunicación, de la falta de relación con uno mismo y, por ende, con los demás. La autora nos lleva con maestría por este difícil camino. Mirarse al espejo no refleja nuestra alma, sino apenas algunos destellos superficiales, difíciles de apreciar si no se presta suficiente atención y al final, cuando nada queda dentro, el reflejo de nosotros termina esfumándose para transitar hacia otro plano y esa puede ser una salida insospechada.

En el segundo cuento de Lights nos encontramos con un texto original donde los colores se convierten en protagonistas. Nos dice la autora: «En las escaleras jubiladas que lo llevaban a la entrada, solamente se podían cubrir de más colores. Colores melancólicos, colores anhelados. En el tapiz del segundo piso, lleno de pisadas, solo se podían encontrar colores. Colores llorones, colores burlones». Esta metáfora de sensaciones toca las fibras de un hombre ciego, alguien que jamás vio una imagen visual en su vida pero que puede «sentir» el color como un terciopelo y, como ocurre en el cuento anterior y en «El universo fatigado», nos traslada a una dimensión cósmica que se desliza hacia el final del relato. En este escrito la magia se transforma en color.

«El universo fatigado», un cuento de ciencia ficción, la autora nos presenta a las estrellas y demás componentes de una galaxia como si fueran seres humanos y nos trae lejanos recuerdos de *Hacedor de estrellas*, de Olaf Stapledon. Nos vemos interrogados por los astros y nuestras creencias puestas en aprietos ante la lógica discursiva de los cuerpos celestes. También hay una enorme curiosidad del universo por sentirse humano cuando reflexiona sobre las semejanzas entre ambos: «Las estrellas y los humanos, quizás sean parecidas. Ambos nacemos, crecemos y finalmente, desfallecemos para convertirnos en un recuerdo. Una memoria que se volverá polvo, pero una memoria que persistirá hasta que el último de su especie muera». En todo caso, así es como se desarrolla la evolución y sigue leyes inmutables, lo importante es saber comprenderlas y actuar en consecuencia.

Glenda Lawrence ofrece «Descompuesto», un cuento ágil y con movimiento como su personaje principal, el Sr. Helbert, un plomero a punto de jubilarse que en su último día visita varias casas para resolver problemas y en el fondo no quiere dejar su trabajo porque se pregunta: «...¿todo el día en casa haciendo las mismas cosas? Lo único que sé hacer es reparar». Dejar de trabajar es una sentencia para la muerte, para echarse a un costado de la vida. Por eso no solo repara lavamanos, tuberías atascadas y flotadores de inodoros, también repara almas. Porque en cada casa que visita hay algún conflicto, carencia o violencia y el Sr. Helbert con su sola presencia sirve de bálsamo para el problema. Nos muestra también una sociedad que, en sus distintos estratos, vive en el sinsentido y apuesta por el materialismo, dejando la comunicación a un lado, como si al hacerlo las situaciones se resolvieran solas, y eso es lo que más de uno quisiera. La última jornada laboral del Sr. Helbert termina, paradójicamente, desobstruyendo el inodoro de su propia casa.

Laura Ros nos propone «Un abuelo llamado Tomás», cuento biográfico ambientado en el interior de México. Las vicisitudes de la vida del campo en un paraje alejado de la ciudad es el epicentro de este relato. Es un mundo donde los tiempos se mueven a ritmo lento, las personas no esperan mucho y las bellezas del entorno acarician los campos entre colores amarillos y ocres. En ese ambiente, crece Mariquita, junto a sus abuelos Agustina y Tomás, donde aprende los oficios propios del medio rural y disfruta de la felicidad que proporciona la inocencia. El medio se vuelve peligroso debido a bandas de salteadores que roban las fincas. El abuelo toma la decisión de vender su hacienda, sin saber que con esa acción termina su vida. Es un drama que ocurre en muchos lugares, donde circunstancias externas, autoridades incompetentes o funcionarios corruptos impiden el desarrollo pacífico de las comunidades y los pobladores son desplazados de sus tierras ancestrales. Un relato donde uno se siente parte protagónica del medio, con fin dramático y que alerta sobre la situación social de millones de personas.

Lizka Johany presenta los cuentos «El secreto del vestido rojo», «Secuelas del pasado» y «Despedida».

En su primera obra, Johany nos lleva de la mano de un hombre a comprar un vestido rojo de mujer sin imaginarnos el desenlace. Y así debe ser, porque el cuento nos va a dirigir a la sorpresa en una obra bien estructurada sin quedarnos indiferentes ante los acontecimientos. Hay una intención concreta en la compra de este tipo de vestido en particular, una que viene de tiempo atrás, que va a la esencia del asunto donde el hombre intenta estremecer y desarticular la psicología de su mujer. Es un relato fuerte donde las imágenes suscitan emociones profundas y pueden llegar a herir en lo más íntimo al yo, de por sí preocupado por la imagen, siempre por la imagen y el «qué dirán», en una sociedad con distintos rasos morales según quién los aplique.

«Secuelas del pasado» enciende la chispa dormida y nos transporta al 20 de diciembre de 1989, día de la invasión por las tropas norteamericanas cuando avanzaron por el barrio El Chorrillo. Allí la vida se detuvo para muchos y para otros dejó secuelas imposibles de reconciliar. Es importante mantener este recuerdo, plasmado en varias oportunidades en nuestra literatura y el cuento de Johany nos da otra campanada, para evitar que la memoria desaparezca, porque se puede «cambiar de ropa», pero es imposible dejar de ver «al hombre sin pierna junto a la niña de la muñeca», como nos dice la autora.

El tercer cuento de Johany, «Despedida», es la historia de una pareja que, luego de un viaje por el Mediterráneo, tiene los síntomas del COVID-19 y es internada. El relato discurre entre tensiones y situaciones críticas para alcanzar un desenlace inesperado gracias al manejo que se le da al texto. El título nos adelanta el fin de la historia, aunque queremos evadirlo y la autora se guarda muy bien de no dar pistas hasta llegar al momento cumbre. La resignación es inminente ante los acontecimientos imposibles de cambiar debido al avance de la enfermedad que, como un gran tsunami, arrasa cuanto se interponga en su paso. Es una advertencia de la fatalidad, pues ante ciertas circunstancias no es posible modificar el futuro, no al menos en esta estructura temporal.

Zoraida Costarelos entrega dos escritos, «Adiós, maldito infeliz» y «Hace frío aquí» de temáticas unidas por un hilo conductor.

Eva, en el primer cuento, tiene una relación con un maltratador y por su culpa fue golpeada varias veces y en una de ellas casi muere. Sin embargo, ella no lo deja. Es ese tipo de dependencia psicológica, un lazo difícil de romper hasta que es demasiado tarde y entonces se pasa a engrosar las estadísticas de femicidio, tan común en nuestro medio. El hombre de este relato es el típico machista, mujeriego, sumergido en las drogas y el alcohol, el que se lleva a todos por delante sin consecuencias aparentes hasta que la su suerte cambia. «Adiós, maldito infeliz» es una narración, al igual que otras en esta antología, donde el final nos sorprende y se aleja de la lógica, un juego literario que Costarelos sabe manejar en el trato del lenguaje.

«Hace frío aquí» es la historia contada desde el monólogo interior del personaje, con el lenguaje propio del hombre que compensa todas sus debilidades con las mujeres, a quienes trata de manipular, complacer y pagarles por sus servicios, a pesar de tener su pareja permanente (si así se puede llamar). Costarelos nos ubica en los entramados de un submundo en barrios deprimidos donde la droga y prostitución forman parte del entorno mezclado con cuartos de alquiler y paredes de tela para separar los espacios donde viven las familias hacinadas entre olores nauseabundos y un sopor abochornante. Un percance cambia el destino del hombre que lo lleva a un lugar «frío». La frialdad también es un estado de ánimo y, aunque el personaje pase por ser alguien muy versátil y hasta simpático, dentro está el frío de la indiferencia y el egoísmo, porque al final, solo le importa él y su placer.

Carlos Alberto Mazuera exhibe tres obras, «El teatro», «Muñecas perdurables» y «Naufragio», todos ellos de distintos temas.

«El teatro», ambientado en la ciudad de Buenos Aires y en el famoso teatro Colón durante la época pospandémica, podría ser un relato que, con el avance de la narración, se va convirtiendo de una situación turística familiar en un cuento de coincidencias que el protagonista, sin ética aprovecha a su favor. Presenta situaciones humorísticas, cierta picardía y hasta mal entendidos que derivan en momentos sorpresivos. También está presente el personaje secundario machista que, teniendo de amante a la secretaria, la exhibe embarazada y con orgullo. La gente de este cuento miente, toma ventaja de situaciones fortuitas y sin mayor pudor, el personaje principal Gonzalo, suplanta a otro individuo y deja que la vida lo transporte por un rumbo cuyo destino es insospechado. Así también ocurre muchas veces a nuestro alrededor, cuando la gente viola las normas creyéndose impune hasta tener una sorpresa.

El segundo cuento de Mazuera como el anterior, nos ubica en un futuro posterior a la peste, donde un matrimonio fabrica muñecas de tamaño natural a pedido de los clientes según algunos patrones. Y la gente quiere tener una muñeca para engañar a la soledad, recordar a algún ser querido, sentir la presencia permanente de cierta persona cuyos recuerdos no deja ir o, tal vez para cumplir alguna fantasía. La incapacidad para cambiar imágenes tensas, reconciliar situaciones conflictivas o tristes del pasado, hacen que el ser humano se inmovilice psicológicamente y busque en el exterior lo que debe resolver internamente. La imagen externa de la muñeca se convierte también en una fuga de la realidad. El escritor nos propone salidas que deben encontrarse en el texto en una lectura atenta y sin prejuicios.

«Naufragio» es un minicuento que nos propone una paradoja y contiene elementos fantásticos. Porque una máquina expendedora de café y snacks en una isla desierta no es posible en un mundo racional. Por otro lado, la situación tratada es propia de un tema apocalíptico, donde la humanidad ha desaparecido de la tierra a consecuencia de la pandemia de COVID-19. El único sobreviviente tomará sus decisiones en medio de la soledad, que además es la soledad del alma humana, una señal de advertencia a tomar en cuenta.

Luis Thurber muestra «El cabildeo de José María Sánchez». Ambientada en el histórico barrio de Catedral, este relato con visos de realismo mágico, nos lleva a meditar sobre la corrupción e impunidad, esas enfermedades arraigadas en nuestra sociedad y tan difíciles de extirpar. El autor alegoriza estos temas utilizando la bandera en el cerro Ancón, cuando esta deja de ondear, aunque el viento del verano pega en todo su esplendor. El peso de la ignominia impide desplegar el fulgor de la bandera en el aire, en sitio tan emblemático donde se libraron batallas por la liberación del país. El protagonista transita por un mundo onírico donde reflexiona sobre los problemas acuciantes de la sociedad y tiene de trasfondo la presencia del gran cuentista José María Sánchez. Cuando el hombre despierta de su último sueño y al averiguar sobre el escritor cuya imagen estuvo en uno de los edificios para conmemorar su natalicio, «quedé sorprendido pues lo único que vi tirado en el piso, entre basura y hierba, y al parecer sin ningún valor, fue un enorme cartel donde se ve el nombre y la foto de José María Sánchez...». Esto también nos metaforiza el destino e importancia que se le ha dado a nuestras letras en los últimos años.

Paulino Bocanegra Q. expone «Usureros» en un relato dinámico para adentrarnos en su problema y una posible solución. La tecnología informática está en todos aspectos de nuestra vida cotidiana. El protagonista se asombra porque su estado de cuenta en la base de datos actual no refleja la realidad del saldo, y le falta dinero sin que él lo haya utilizado. El hombre nos lleva rápidamente hasta la sucursal bancaria y, entre situaciones hilarantes y utilizando su verborrea y engaño, intenta ser atendido de primero. Pero las cosas no son así, sobre todo en los bancos, donde la propaganda no siempre coincide con la letra menuda de los contratos y tratándose de billetes bien se aplica el dicho «Bien me quieres, bien te quiero, no me toques el dinero». Porque, como lo menciona el filósofo argentino Silo, «He aquí la gran verdad universal: el dinero es todo. El dinero es gobierno, es ley, es poder. Es, básicamente, subsistencia.», y eso lo saben muy bien los bancos. Sorteando obstáculos, el protagonista logra confrontar al gerente para hacerle el reclamo y aquí viene la vuelta de tuerca que cierra el cuento en un giro inesperado.

Está reunido en este volumen, como dijimos anteriormente, una muestra de la diversidad literaria que nos rodea y nuevas expresiones capaces de desafiar al cuento. Le damos la bienvenida a las ocho escritoras y escritores recordándoles que, de ahora en adelante, suya es la palabra para seguir alzando el vuelo.

Panamá, 8 de encro de 2022

A VECES ME GUSTARÍA HACER LO QUE PIENSO Y OTRAS VECES ME GUSTARÍA ESTAR MUERTO

ANA

Frío.

Cada vez que entraban a su habitación, se podía percibir el helado toque de la soledad. Nefasta, incoherente, estúpida. ¡Patética! Muros arañados cubiertos de pintura, paredes que escondían un sinfín de lágrimas almacenadas, palabras moqueando por auxilio, cicatrices que se reflejaban en su cuerpo. Su cuarto, era el espejo de su templo; arruinado, desdicho, tembloroso, debido al abatimiento incesante causado por el mundo después del portal de su dormitorio. Sin embargo, el frío no era nada comparado al cansancio, ni a la tempestad, la cual parecía agitarse a la velocidad del abanico de techo. Y sí, el indeseable helor de la alcoba era capaz de enterrarse en tus huesos, pero nada era tan horroroso como su imagen abatida, envuelta entre sábanas de lana, arropada por penas e imperfectas mentiras.

El frío era sofocante.

De manera abrupta, tocaron su puerta por tercera vez. Federico suspiró, entreabrió sus apagados luceros, y trató de recobrar el sentido de sí mismo y de su alrededor. Sin más, asomó su rostro entre las cobijas, y observó la sombra de alguien detrás de la puerta. Todos le tenían miedo al friolento ambiente del lar, nadie se atrevía a entrar. Solo Federico, que se había vuelto uno con la fría e inquietante soledad y tristeza de su cuarto, estaba cómodo.

—¡Levántate ya, Fede!

Al joven jamás le gustaron los gritos. Eran punzantes y resonaban en su conciencia por horas, lo perseguían mientras se hacía el café, y se arrastraban como su sombra. Cada palabra dirigida a él, terminaba siendo un alfiler arrinconándose en su memoria.

A diferencia de los alaridos, su voz no era fuerte ni sonaba dominante. Era temblorosa y cobarde, como el canto de los gorriones cuando están a punto de morir. Logró murmurar un «vete, por favor», como implorando que lo dejasen pudrirse en la ridícula fosa que él mismo había excavado. Aun así, esa petición sollozante fue suficiente para que la persona detrás de su puerta se fuese. Y cuando la sombra desapareció, Federico volvió a envolverse en su fortaleza, tratando de evadir cualquier contacto con el exterior.

Frío, hacía mucho frío en esa habitación. Un frío que yo no podía sentir. Yo era solamente un círculo colgado en ese cuarto, un círculo que se enfriaba aún más cada vez que mi reflejo se enterraba entre los cojines de su alcoba.

Círculos. Millones de ruedas desordenadas, en los muros, libros, entre las delgadas y finas ramas de sus manos. Son aros llenos de llagas, cicatrices y tinta. Circunferencias moldeadas de manera artesanal, cubiertas de lágrimas y mentiras. Aquellas redondas figuras giraban por doquier, orbitando como el resto de las estrellas. Aquellos círculos —yo, incluido—, existíamos para recordarle la fugacidad de su vida. Nos trajeron para mostrarle la decadencia de su malestar, de su sonrisa.

Lo cierto era, que los círculos invisibles estaban obsesionados con su tristeza. Se levantaba y millones de anillos seguían tras de él. Siempre de la misma manera, por cualquier horizonte, directos, en distintos ángulos, pero siempre siguiéndole. A veces, Federico no podía realizar sus actividades tranquilo, por la sensación de las esferas angustiantes sobre su espalda.

Federico, a diferencia de los círculos, trataba de pasar desapercibido. Era casi imposible, ya que yo siempre reflejaba sus inseguridades, su vestimenta, su rostro moribundo. Federico no era nadie. Solo un círculo más, atormentado, acelerado, diminuto.

—A veces... —El humano se posó frente a mí, su espejo. Era desolador el solo observarle. Parecía un cadáver caminante, un hombre desolado, la figura carnal de las ansiedades y depresión—, me gustaría hacer lo que pienso. Me gustaría..., divertirme, que las arrugas en mi rostro sean de tanto reír, no de la mugre que se mezcla con mi sudor..., me gustaría viajar. ¿Cuándo fue la última vez que viajé?

—Viajar a otros países…, a un mundo sin dolor. Ya, ya estoy cansado de sufrir…, me gustaría no sentir nada, y hacer todo lo que pasa por mi cabeza. ¡Ah!, a veces me gustaría hacer lo que pienso…—suspirando, Federico sonrió lánguidamente, cerrando sus ojos—, y otras veces me gustaría estar muerto.

No volví a ver a Federico después de ese día. Ni a nadie. Solo sé que cuando el reloj marcó las 9:00 p.m., me taparon. Han pasado ocho años desde que los círculos se marcharon, y yo quedé solo. ¿Acaso es así como Federico se sentía? ¿Deshabitado, olvidado, oculto?

¡Federico, regresa por favor! Extraño ver tu reflejo lamentable y consolarte cuando nadie más estaba para ti. ¡Federico, me estoy muriendo! Asfixiándome con el polvo acumulado, ahogándome en las penas que me dejó tu expresión. ¡Federico, me muero!

Muero por ti, tan solo siendo el espejo colgado en tu habitación

COLORES

ANA

En las alfombras que cubrían la madera retorcida de su hogar, solo se podían diferenciar colores. Colores deprimidos, colores que chillaban. Cubriendo las paredes rugosas que encerraban su sala, solo se podían apreciar colores. Colores que lloraban, reían. En los adornos que intentaban con todas sus fuerzas traerle vida al lar de su casa, esos donde se prendían colores candentes, colores enfurecidos, solo se observaban colores. Colores cansados, colores entusiasmados.

En las escaleras jubiladas que lo llevaban a la entrada, solamente se podían cubrir de más colores. Colores melancólicos, colores anhelados. En el tapiz del segundo piso, lleno de pisadas, solo se podían encontrar colores. Colores llorones, colores burlones. En la entrada frívola de su cuarto, solo se podían ver colores. Colores dándose por vencidos o luchando un poquito más.

Se levantó de su cama de colores informales, mirando con sus ojos pintados de colores serios la ventana de su habitación.

Caminó hacia ella, encontrándose con colores originales, colores serenos, y, aun así, solo podía ver colores eternales. Colores que no percibía, colores inexistentes.

Después de alistarse con colores nostálgicos y colores pasionales, que no podía admirar, caminó hacia las escaleras y salió por la puerta principal de colores veraces, de colores naturales, de colores estéticos, entrando a un mundo de colores salvajes, colores voraces, colores imposibles de conquistar.

Había colores de todos los matices, desde el más puro hasta el más negruzco. Colores enamoradizos, colores lúgubres; sin embargo, su paleta de colores solo podía adquirir matices fríos, matices tristes, matices descontentos.

Aunque, los colores cálidos le abrazaban, los colores pasionales le besaban, los colores refrescantes le animaban.

Un bastón de colores oscuros le guiaba. Caminaba por una calle de colores tristes, con colores habitados de muchos recuerdos, recuerdos nacidos de colores.

Después de encontrarse con colores que golpeaban el viento de su bastón, se sentó en una banca, a la entrada sur del parque de su vecindario. Esperó con su bastón de colores negruzcos. Esperó un rato más, pensando que algún color se le iba a mostrar.

—Buenos días, señor Farbe —le saludó una voz chillona, después sintió un peso a su lado—. ¿Cómo durmió?

—Dormí soñando con colores —respondió—. Colores importantes, colores distinguidos. ¿Cómo durmió usted, señorita?

—Bien —afirmó con simpleza—. ¿Puedo hacerle una pregunta?

—Claro.

—¿Por qué para todo menciona a los colores? ¿Alguna vez fue capaz de ver uno?

Colores. Aquellos deslumbrados colores. Un ciego no podía apreciar los colores, no sabía cómo era el azul, no conocía el amarillo, no le habían presentado el rojo, y ni hablar del gris. Solo podía imaginar sentimientos y emociones como colores, solo podía pensar en situaciones y acciones relacionadas con los colores. Verlos nunca, sentirlos, siempre.

—Cuando ves colores —comenzó a plantear—, no sientes nada. Yo no tengo esa ventaja, no conozco la dicha de poder conocer la pasión, de poder conocer la paz. No puedo imaginar un color —asintió—, no puedo conocer un color.

El anciano moribundo sonrió con ternura, aspirando todos los recuerdos, los anhelos y las esperanzas en el aire. Nunca sería capaz de ver un color, ni a nada en general. Moriría sin haber visto nada, sin haber podido vivir en lo absoluto. ¡Qué pena, haber existido como un humano y sentirse varado en el universo como una estrella!

—Pero sí puedo sentirlo —continuó, suspirando—. Sí, puedo sentir la frescura cuando abro la puerta de mi hogar, puedo sentir la calidez cuando me encuentro en el umbral. A veces no necesitamos ver las cosas para poder sentirlas, a veces están ahí, a veces tenemos que dejar que nos arrasen como lo hacen los colores. Colores furiosos, colores amorosos. Colores que traen recuerdos, y también descontentos. Colores que quizás no puedas describir y que están sobreexplotados. Así es la vida, tan maravillosa como los colores, tan fresca como el dichoso verde, tan penetrante como el candente naranja, tan elegante como el barroco negro. No puedes simplificar algo tan extenso, no puedes abusar de ellos, son simplemente colores, colores llamativos, colores apagados. Tú eres una mezcla de colores, yo soy una armonía entre ellos; quizás en otra vida, pueda malgastarlos, pueda mezclarlos y pintarlos por todos lados.

—Pero no puedo hacerlo, a veces no podemos ver algo que nos encanta, a veces no podemos apreciarlo, pero sabemos que está ahí —giró su cabeza hacia donde suponía que se encontraba la niña—, a veces solo podemos disfrutar de los pequeños regalos que nos dan los colores. Solo puedo hablar de ellos. Supongo, que es algo que siempre he soñado, que siempre he anhelado. Abuso de ellos en cantidad en mi imaginación, ya que no puedo hacerlo en realidad, es algo recurrente en nosotros, los seres humanos. Abusamos de lo que nos encanta, y a veces, nunca nos cansamos, esa es una de las maravillas de nosotros los seres humanos, como a veces no podemos hostigarnos de las cosas preciosas. Los colores son como los sentimientos para mí, no los puedo ver, pero definitivamente sentir.

La chiquilla frunció su ceño sin analizar la información. Exasperadamente, dejó salir una bufonada. Farbe, al sentir sus párpados cansados, los dejó descansar sin más.

—Oye, hija, ¿crees que las estrellas puedan ver los colores?

Se rieron.

—¡Usted es muy confuso, señor Farbe! ¡Colores confusos, colores extraños!

EL UNIVERSO FATIGADO

ANA

El cielo está lleno de estrellas muertas. Astros que, antes de fallecer, tiritan en el vasto universo. Cuerpos celestes tan lejanos y moribundos que la vista humana es incapaz de distinguir. Helio, hidrógeno, sueños, anhelos. Todos aquellos elementos formadores de estrellas flotando en el vacío orbe universal, volando sin vida, rodeados de luces, las cuales encandilan lo suficiente para reflejarse como pequeños focos en la atmósfera. Algunos enormes, otros diminutos. Formas inhumanas de plasma, alumbrándonos, maravillándonos e inspirándonos. Dichosas son las estrellas, sufriendo de la finitud, para luego convertirse en una nova mucho más preciosa, brillante y solitaria.

A diferencia de las estrellas, los humanos se sienten el centro de la creación. Poderosos, grandiosos, más que un simple ser viviente. Los humanos son incapaces de aceptar lo insignificantes que son para el resto de la galaxia. Nacen, existen y mueren. Nacen, destruyen y luego son destruidos.

Son polvo de nada, una nada que llega a ser maléfica. Y, sin embargo, le encuentran sentido a su existencia, a los minutos que desperdician con otro ser, a las lágrimas que les regalan a otros humanos. Son muy, muy interesantes los seres terrestres. Geniales, incluso.

Los seres vivos fatigan a la galaxia. Hacen llorar al resto de los planetas, apagan la esperanza de las estrellas y decepcionan a todo el universo. ¡Ah, aquellos humanos!, nunca les será suficiente dominar su planeta, ni a su gente. Es curioso como seres tan débiles siguen siendo líderes. Humanos… los humanos nunca lograrán mostrarle al resto del cosmos sus habilidades, son la creación más despampanante del Creador, y ya nuestro Señor ni se voltea a mirarles.

Por ello, no puedo evitar preguntarme, ¿por qué los humanos no se rinden, en el proceso en que parecen hacerlo? Necesitan del sol para sobrevivir. Sin embargo, se quejan de las oleadas de calor. Requieren del agua para subsistir. Y, aun así, no beben de los vertederos que Dios les regaló. Piden comida y están rodeados de ella. Lloran por amor, teniéndose a ellos mismos. El hombre es tan contradictorio, pesimista e inútil. Los humanos son el cáncer del planeta Tierra. Son tumores, algunos benignos, otros malignos.

Y tienen la audacia de llamarse seres racionales. Seres honestos, benévolos, frágiles. No son nada más que basura terrestre, tratando de conquistar un conjunto de ecosistemas, de su propio planeta. No conocen el cariño sin experimentar el rechazo. No sienten orgullo por los logros de otros, solo los envidian. Beben agua, jugos, cerveza, vodka o Monster, y luego denigran las bebidas del resto. Son puercos vestidos, con saco y corbata, ropajes y tacones. Ratas con traje y zapatos, queriendo todo lo que puedan ver, robándose aquello que puedan tomar, matando a quienes conviven con ellos.

Estos son los humanos, son tantos, pero no como las estrellas. Nosotras somos muchas, separadas, solitarias. Las estrellas somos la creación más hermosa de Dios, no la Tierra. Y, patéticamente, me encuentro aquí, preguntándome por qué observamos a los pequeños faustos de la Tierra. Yo envidio a los humanos. Tienen una vida considerablemente más corta que nosotras, y logran disfrutarla por medios crueles y finitos. Necesitan de los demás para ser felices. Experimentan el hambre, la tristeza, la bondad, la comodidad. Crean múltiples teorías y se preguntan de dónde vienen. Viajan a otras lunas, a otros planetas, a otros satélites. Se arrepienten, se disculpan y crecen juntos. Los humanos...

Pensándolo bien, no son tan malos, solo ignorantes.

En mis últimos momentos, aún flotando en el espacio, rodeada de energía degenerada, me pregunto: ¿Qué se sentirá respirar el oxígeno y soltar dióxido de carbono? ¿Qué se sentirá gatear, caminar, correr? ¿Las lágrimas son frías o calientes, acaso dependen de la temperatura de su cuerpo? ¿Cuál será el nombre que los humanos me habrán puesto? ¿Acaso los colores finitos, colores mortales, serán mejor que el cosmos?

En fin...

Las estrellas y los humanos, quizás se parezcan. Ambos nacemos, crecemos y finalmente, desfallecemos para convertirnos en un recuerdo. Una memoria que se volverá polvo, pero una memoria que persistirá hasta que el último de su especie muera.

Me gustaría ser un humano, en otra vida. Quizás, y solo quizás, pueda admirar que tan hermosas son el resto de las estrellas.

SOBRE ANA

Ana Carrillo, quien escribe bajo los seudónimos de **Ana Lights y Nari Leri,** es una escritora, poeta, debatiente, nacida el 13 de abril del 2002, de nacionalidad panameña y afro-indígena descendiente.

Su camino como escritora comienza entre los 10 y 11 años de edad, no sin antes haberse enamorado de la lectura. Tras caerse en los brazos de cientos de narrativas, decide comenzar la propia.

La mayor parte del tiempo, la puedes encontrar jalando sus greñas tras revisar el mismo escrito una y otra vez, llorando por novelas de hace dos siglos o re-escribiendo sus poemas. En sueños, se le puede encontrar analizando línea tras línea de García Lorca y sufriendo por Neruda.

Sin embargo, no importa cómo y dónde le encuentres, siempre va a estar pensando en una historia nueva, que hoy, al fin se ha dedicado a publicar.

EL TEATRO

CARLOS

Un transeúnte cruzaba la avenida principal, cuando se desplomó ahogado por el virus, cayó muerto. Gonzalo y la familia, al ver el congestionamiento, evacuaron el taxi y acortaron camino a través de la calle Tucumán para dirigirse al teatro Colón. Al llegar a la puerta, le preguntó a un supervisor dónde comprar algo de comer. Después de mirarlo de arriba abajo, este le señaló de mala gana la cafetería.

«Cumplí mi sueño de ver una obra en este escenario, acompañado de mi esposa y mi niño. Regreso de unas merecidas vacaciones en New York y mañana firmaré el contrato de ascenso en la agencia de viajes. Todos dejarán de llamarme Gonzalito y no permitiré que llamen a mi mujer, la Estatua de la Libertad, y a mí, la antorcha».

"

Gonzalo, era un hábil vendedor de planes turísticos y acababa de terminar unos cursos de actuación para alcanzar su sueño.

Parado en la larga fila de la confitería, se imaginó el pedido a realizar: *«Ojalá en los teatros de acá ofrezcan lo mismo de los cines. A mi hijo le encantan los nachos con carne y bastante queso, acompañados de una Coca-Cola grande; mi señora prefiere el combo de pop corn, un hot dog, una brocheta y soda mediana. Pediré solo un plato de ensalada verde y una limonada, pero después en casa me desquito».*

Al llegar al mostrador, recitó la orden sin detenerse.

—Acá no vendemos comida grasienta —respondió el empleado—. Este no es un coliseo de básquetbol. Mire el menú y escoja alguna de nuestras delicias saladas y dulces.

—¡No es posible, en mi país venden todo eso!

Se quitó la careta plástica y la mascarilla, tenía empañados los lentes. Los comensales en la fila lo miraron con mala cara.

—Ni modo, a mi esposa dele un "bocado salado", el sándwich de miga triple y un café doble; a mi hijo dele cuatro bocaditos dulces y una gaseosa. Yo también quiero un sándwich, un café, una botella de espumante y dos vasos.

«Con razón están tan flacos los de esta fila; no comen a saciarse..., no comen lo sabroso y aunque la muerte entra a través de la boca, lo rico es lo prohibido. Por suerte tengo un hígado estupendo».

Sin embargo, Gonzalo fue precavido al hacer el pedido en la confitería por si se encontraba con su jefe. Pretendía estar a dieta, y así no escuchar las bromas pesadas. Después de esperar parados, sosteniendo las bandejas de comida, quedó una mesa libre dentro del local; pero de inmediato informaron por el altavoz la llegada al lugar de una celebridad de Hollywood, seguido de una orden para evacuar la confitería. Les autorizaron a todos los clientes llevar los alimentos hasta sus localidades.

Cuando él iba a preguntar cuál era la ubicación de las butacas, al niño le dieron ganas de ir al baño. Lucero colocó los dos pedidos sobre la bandeja, uno encima del otro.

—Si cargo todo esto, puedo perder el equilibrio, ¿podrías llevarte algo contigo al baño?

—¡¿QUÉÉÉÉ?! ¡¿Cómo se te ocurre cargar comida al servicio?!, ¡asqueroso! Vete adelante y dame los dos boletos. Mi celular se quedó en casa, por lo que, si me llego a perder, apuntaré con el láser de largo alcance hacia el techo o las paredes y así nos ubicamos. Yo traigo conmigo el rojo. Espero que hayas traído el tuyo, distraído.

—No me trates así, tengo el azul. Mejor los espero, no se demoren.

Algunos espectadores lo tropezaban en el pasillo, obligándolo a recostarse a unas estatuas para evitar accidentes. En medio de la incomodidad, fijó la mirada hacia el fondo del recinto. Estaba asombrado ante la majestuosidad de los telones; terciopelos separando la mentira actoral de la hipocresía del espectador.

—¡Córrase, córrase! —le dijo un guardia de seguridad—. No puede permanecer aquí, avance.

Cansado, apoyó la bandeja contra la pared y se quedó de espaldas contra la gente.

«Mejor no me muevo».

—¡Oiga!, debe buscar su puesto; pronto va a empezar la función. ¡Está estorbando!

—Caballero, estoy esperando a mi señora y al nene.

—Lo siento, debe moverse. Usted es de los recién llegados de Estados Unidos, ¿verdad? Siga, siga… Sus puestos están en la localidad de platea, frente al escenario. "Rocky" está por entrar. A propósito, linda su playera de los Lakers, yo fui admirador de Kobe —El acomodador puso una mano en el auricular de oído, y sin fijarse en el boleto, señaló la puerta de la entrada.

«Esto está raro, creí haber comprado en galería, deben haberse equivocado, pero mejor para mí. En la escuela me decían "el fulo", pero nunca me compararon con un gringo. Además, ¿cómo saben ellos que estuve en el país de las franjas y las estrellas?».

Mientras cargaba la Torre de Babel de alimentos, interrumpió a un acomodador entretenido con el celular.

—Disculpe, ¿podría sacar el boleto del bolsillo de mi pantalón para saber cuál es mi butaca?

El muchacho le miró los zapatos blancos untados de alguna salsa caída de la charola plástica. Luego puso mala cara, pero cuando iba a hurgar donde tenía el boleto, llegó el supervisor y señalando a Gonzalo le dijo:

—Usted tiene la silla en la fila dos. Es uno de los invitados especiales, ¡pásala bárbaro!

Su pecho se dilató; el cambio de trato trascendió de congojas a complacencias. Pero la felicidad le duró poco cuando sintió un pellizco en la pierna. Emitió un sonido de dolor como un cráter extinto dispuesto a erupcionar de nuevo. Era su jefe señalando con los ojos la nueva conquista.

—Gonzalito, ¿toda esa comida es para ti? Mira cómo se te nota el barrigón —comentó el señor Benítez acomodándose la corbata gris y el cubrebocas—. ¿Te acuerdas de Mireya, la secre?

Él asintió sin reconocerla del todo por el uso de la mascarilla y el velo negro. Luego observó al jefe sobarle la barriga de embarazada.

—Antorcha, ¿te robaste los boletos? En platea son muy caros. Mañana te espero temprano en la oficina y me cuentas cómo los obtuviste. Aquí tengo el contrato de ascenso, serás mi mano derecha y tendré más tiempo para tener mis escapaditas. Me vas a cubrir todo el tiempo.

Adolorido en la pierna, se retiró cojeando sin despedirse.

«Ver a mi jefe me recuerda el poema que recita mi compañero de oficina cuando es humillado. Es un desgraciado, pero necesito el trabajo»:

Trabajo y trabajo, buscando el pan.

Quiero la foto del empleado del mes.

Recorro las calles con botas y jeans.

Bolsillos esconden papeles y sueños.

De traje es mi jefe, empleado inmaduro.

Usando los verdes, logra conquistas,

con zapatos de charol, sabe divertirse.

«Siento que avanzo hacia el infierno por esta rampa sin fin. El escenario, de color rojo, parece la entrada al Hades. Es impresionante y tan alto como un edificio de siete pisos».

Al llegar a la segunda hilera, lo esperaba otro acomodador y lo ubicó en el lado par, en la butaca 40. Seguido a él, llegó un hombre vestido de traje y una bufanda hecha en piel de vicuña, rodeado de dos hombres altos. Se sentó en la primera fila.

Luego, sosteniendo la incómoda bandeja, se levantó y buscó con la mirada a su esposa, pero solo vio al jefe mostrándole el contrato a lo lejos. Al instante, a su lado se sentó un hombre de barba roja y le habló con acento gringo:

—Me llamo Max, el representante artístico. Lo reconocí por el jersey puesto. Juan Gonzalo, ¿verdad?

—Solo, sin el Juan —contestó mientras se preguntaba si aquel hombre era de la agencia de viajes enviado por el señor Benítez para jugarle una broma.

—Me incomodan estos pasamontañas quirúrgicos recomendados, pero necesarios contra el virus asesino. Antes nos quejábamos de usar solo el cubre bocas. ¿Recuerda el año 2020 cuando inició la contaminación?

—*Mister* Max, por supuesto, han muerto cientos de millones de personas desde esa época —Gonzalo contestó sin dejar de preguntarse: *«Me tocaron buenos puestos, y lo mejor, baratísimos; ¿Cómo sabían el número de la butaca si nunca vieron el tiquete? ¿Qué papel juega mi camiseta? ¿Quién será este tipo tan preguntón?».*

El silencio gobernaba el espacio; interrumpido por un grito desde la localidad de galería:

—Chalo Polanía, ¡donde carajos te metiste!

Él reconoció la voz de su mujer y le pidió al agente de artistas ayuda para sostener la charola de comida, mientras trataba de ubicar de dónde venían los gritos. Sacó el láser y apuntó al techo del teatro lanzando, desde abajo, disparos de luz llenos de temor para cruzarse con rayos de ira provenientes desde arriba. Líneas azules, queriendo matar la gigante criatura, contrastaban con las rojas buscando encontrar a su pequeña presa.

—Me encantan estas sorpresas; digno show de *Star Wars*, lleno de luces y trazos imprecisos de la vida recorriendo planetas improbables —comentó Max.

—Polanía, ¡qué diablos haces allá abajo! —Lucero gritó de nuevo, apuntándole.

—Dile a tu mujer que baje. Reservé las tres primeras filas para *Sylvester Stallone* y sus acompañantes, como usted. A propósito, le tengo el papel como coprotagonista. En este tipo de contrato solo se escribe el nombre de la persona y el documento de identidad; lo demás es una forma igual para todos los artistas. Mi secretaria se equivocó con su apellido, escribiéndole Polanco; afortunadamente tengo uno sin llenar.

Él, sin entender, firmó el contrato multimillonario. Al llegar la mujer le contó lo sucedido. Él cree que alguien lo recomendó de la escuela actoral y no puede ocultar la emoción porque al otro día va a actuar en una película; solo le queda llamar al señor Benítez para renunciar al puesto. Empezó el espectáculo lleno de artistas con máscaras originales y antifaces que discrepaban con un público usando pasamontañas, mascarillas y velos.

Temprano por la mañana y después de hacer la llamada, viajó acompañado con el grupo de filmación a Bariloche. En el camerino, antes de recibir el guion, leyó el titular del periódico local:

"Un presunto estafador, llamado Juan Gonzalo Polanco; buscado por Interpol, murió ahogado por el virus ayer, cuando se dirigía a la función de ópera en el teatro Colón de Buenos Aires. Tenía puesta la playera del famoso basquetbolista Kobe Bryant".

Sin dejar evidencias, Gonzalo Polanía arrojó la página al lago y se alistó para actuar. Cambió la pesada carga anterior de la amargura por la agobiante mentira venidera.

MUÑECAS PERDURABLES

CARLOS

La vacuna contra el virus del año 2021, aumentó la expectativa de vida hasta los cien años. Regeneró órganos dañados, curó a personas con enfermedades terminales y trajo vitalidad a los ancianos.

Nacidos en 1960, Francisco Ramírez y Alma, fabricaban muñecas desde los dieciséis años. Las hicieron de madera, trapo y porcelana. Imitaron las *Bellies, Barbies y Babies Born* que sirvieron de inspiración para inventar historias, siguiendo la imaginación. Miles de clientes las abrazaron con apego, adultos las coleccionaron y bebés las mimaron. A través de los años, sus nuevas dueñas las dejaron convertirse en guiñapos; algunas remendadas, otras abandonadas y rotas.

De niños, vieron al hombre llegar a la luna, de jóvenes, participaron en la caída del muro de Berlín y de adultos celebraron el cambio de Milenio. De ancianos se adaptaron al mundo virtual y vieron nacer la reciente moneda oficial "La Latina" para toda América de habla hispana. Solo les ha faltado enviar sus muñecas a las nuevas comunidades de humanos del planeta Ceres.

Cuando la pandemia mundial invadió el 2020, el negocio quebró. Luego perdieron a su hijo y la nuera con la cepa del 2030, sobreviviendo su única nieta. Con los años, decidieron reinventarse y empezaron a fabricarlas de resina en tamaño real, aunque en ellas no se escucharán las risas al apretar las manos y la barriga, o evitar los llantos al colocarles el chupete o biberón. Tampoco tenían chip que activaban el movimiento, sonidos o luces. El modelo venía con ropa fundida en resina y el cliente no tenía necesidad de vestirlas. La gente las compraba para colocarlas en jardines, cementerios o como postes de faroles en la calle.

Como todos los días, el señor Ramírez abrió temprano, haciendo seguir al primer cliente de la fila.

—Quiero la muñeca número 20, con la cara de mi madre, quien no sobrevivió al virus del 2020.

—¡Excelente escogencia! Este es el modelo Ruth 20, estilo *flapper*, pelo corto y no usa corsé. Pase a la caja a pagar, mi nieta lo atenderá ¿Siguiente en la fila?

Un señor solicitó dos de ellas; mostró la foto de su hermana y de la novia, muertas en el 2021 debido a aquella cepa proveniente de Inglaterra. Él quería el modelo Virus 2020 inspirado en la mujer algo gordita y despeinada.

La señora de Ramírez creaba los diseños basados en la tendencia de los cuerpos de actrices y modelos durante cada década. Su empresa: "Muñecas Perdurables", regresó los recuerdos a familiares y seres queridos de quienes se adelantaron a la eternidad. Ha logrado satisfacer a los clientes ofreciéndoles trece diferentes moldes de cuerpos en silicona, fabricando solo el rostro obtenido de una fotografía o un holograma proporcionado por el familiar.

Muñecas, deseando albergar el alma, llevaron un cuerpo digno de someterse al tiempo y la distancia. Perfumes ausentes en rostros llenos de recuerdos dejando una estela de vida. Mujeres admiradas que mudaron su estado a la eternidad. De noche trajeron a memoria el sonrojo al alumbrar los luceros. En otras, se juntó el descanso y el desvelo. Han servido para fortalecer el amor perpetuo y vencer el dolor imperecedero de la muerte.

Un cliente ordenó la modelo noventa para recordar a su hermana. Francisco, le había aconsejado por teléfono "La Menuda 90", de contextura delgada, estatura baja y prácticamente sin curvas. Detrás de este, un general recogió la llamada Segunda Guerra Mundial, y pagó con descuento de militar. Por su parte, el señor Ramírez le explicó que esa horma, la número cuarenta, fue una inspiración de su esposa. La diseñó con piernas largas, brazos ligeramente musculosos y hombros anchos.

«Es tarde, y mi mujer no ha venido a preguntarme nada, muy extraño», pensó Francisco mientras observaba a un cliente acercarse.

—Señor, vi el catálogo de ustedes por internet, pero no estoy seguro de escoger entre la Marilyn 50 y la Bo 70. Esta es la foto de mi esposa, murió en Italia durante la pandemia del 2020.

—Caballero, la 50 tiene caderas anchas y cintura angosta; sin embargo, la 70 tiene la cintura no tan angosta, curvas más pronunciadas y cabelleras abundantes. De acuerdo a la fotografía, yo me inclinaría por Bo.

La mañana continuó, unos pidieron la Dolores 30 exaltando los cuerpos de curvas cálidas; otros se inclinaron por Naomi 80, delgada, de estatura alta, cabellos largos. Otros se enamoraron de Ramita de Laurel 60, de brazos y piernas delgadas, cintura pequeña y caderas estrechas. Llegó el último cliente a preguntar por la número 2060.

—Aunque estamos a mitad de este año, mi esposa no ha definido cuál será la forma —Él le explicó—. Si ella estuviera aquí, le preguntaríamos; pero no ha tenido tiempo para venir al mostrador.

—Entiendo, yo vengo a comprar tres. La Milenio 2000, de figura alta y atlética como mi novia; y la Jennifer 2010, luciendo grandes curvas, caderas anchas, piernas torneadas y gran trasero como mi prima. Debería quitar el letrero de afuera sobre el modelo del año 2060.

—Debe haber un error; mi esposa no la ha diseñado aún. Sin eso, yo no la puedo fabricar. De todos modos, voy a cerciorarme.

Cuando Francisco salió a la calle rompió en llanto. Entró desesperado al taller gritando el nombre de su esposa. Al ver el overol rosado y algunas prendas sobre un escritorio, puso las manos sobre la cabeza y cayó de rodillas. Luego se lamentó: El efecto de la vacuna vence este año, y aunque moriremos pronto, nunca quise perderte así. Eras mi compañera, mi todo. Nunca imaginé que fueras capaz de hacer esto...

—¿Por qué lloras, amado? ¿No te gustó el diseño de la 2060?

—¡Almita, estás viva!, creí perderte. ¡Me imaginé tu cuerpo hirviendo en un molde! Pensé lo peor.

—Francisco, fabriqué el modelo Alma 2060 como un regalo para ti. Estatura baja, algo gordita y un poco encorvada. Cabello corto, apretado y algo escaso, con pechos maltratados por la vida. Esta vez, yo quise hacer el molde. Ya podemos descansar; cumplí la misión de volverme inmortal en una de mis creaciones. Nuestra nieta continuará con el negocio y algún día fabricará la de su mamá.

Ella le susurró al oído mientras caminaban hacia el cementerio:

Muñeca perdurable de mi alma y de tu alma.

Muñeca que perdura en tu espíritu y en el mío.

NAUFRAGIO

CARLOS

*«En literatura, el tiempo es un naufragio
en el que Dios reconoce a los suyos».*

Arturo Pérez-Reverte

Habito en el islote con un libro y una pluma; rodeado de restos flotantes del último barco de evacuación. La humanidad fue exterminada por el virus 2021, solo yo sobreviví. Cierta máquina expendedora subsistió enredada entre los escombros e hicimos una alianza, casi incondicional: yo la rescataba y ella me suplía café con snacks. De día, el libro contaba una leyenda; de noche, él sacrificaba sus letras para calentar el Geisha.

Saboreo la última taza en esta isla, mientras escribo el final de mi historia. Memorias plasmadas en cada vaso que jamás alguien leerá. Iré a dormir, pero antes recuerdo: «no solo de café viviré, sino...»

—*Cof, cof...* Roberto... *cof...* Roberto, ¡quiero degustar, dame un poco!

SOBRE CARLOS

Carlos Alberto Mazuera Sarria

Cali, Colombia (1968). Nacionalizado panameño. Ingeniero civil. MBA en Kent State University, USA. Especializado en la Universidad Javeriana, Colombia (Gerencia de Construcciones). Actual vicepresidente de Finanzas en una importante compañía. Especializaciones en USA: Yale University (A Story for Our Times), University of Michigan (Writing and Editing), Wesleyan University (Creative Writing) y University of California (Academic English Writing Essay). Egresado del diplomado en Creación Literaria 2020 de la Universidad Tecnológica de Panamá y del Programa de Formación de Escritores (PROFE), género novela 2020 y ensayo 2021, del Ministerio de Cultura de Panamá. Tomó cursos en la University of Virginia (The

Worlds of Historical Fiction) y en Duke University (Essay English Composition I). Actualmente, cursa estudios en The University of Iowa (International Writing Program). Cursó taller en Altazor, Colombia (Caminos del Espejo). Cofundador del grupo Generación Literaria 2020. Coautor del libro: *El mundo se detuvo, los cuentos siguieron* (Panamá 2021). Forma parte de las antologías: *Refugios y ocasos* (Ediciones PuertaBlanca, Argentina, 2021) y *Consumación de Eros* (Foro/taller Sagitario Ediciones, Panamá, 2021) de Enrique Jaramillo Levi. Publica artículos de opinión para el periódico *La Estrella de Panamá*. Prepara dos novelas fantásticas, colección de cuentos y ensayos literarios.

IG @escritormazuera   TW @MazueraCarlos

DESCOMPUESTO

GLENDA

Es mi último día, debo metérmelo en la cabeza, ¡se lo prometí! Ella me dice cada año *«juras que te jubilarás y nada»*. ¡Tal vez tenga razón la vieja! La diabetes avanza, camino más lento y a veces no aguanto las caderas; el cardiólogo me cambió los medicamentos la semana pasada y me vendría bien un buen cambio. Han sido muchos años de servir a la comunidad, pero cuando lo pienso..., *¿todo el día en casa haciendo las mismas cosas? ¡Solo sé reparar cosas!* Las personas creen tener todo bajo dominio sin ser conscientes de esos pequeños secretos, estos llegan a parar en los lugares donde no son capaces de meter sus manos. Yo solo destapo, permitiendo fluir el llanto contenido, la risa nerviosa y el sentimiento de impotencia, todo esto lo encuentro en el desagüe.

Llevo haciéndolo por mucho y ya he visto a través de estos recorridos bastante desilusión, es una dura tarea. Pero hoy debo enfocarme en terminar para poder descansar temprano, ya es hora, por suerte, me quedan pocas visitas por hacer.

Mi pobre y arrugada libreta me ha acompañado buen tiempo, se quedó pequeña, pero sin ella no recordaría mis rutas; la hojeo con frecuencia y me hace acordar…, tantos años han recorrido mi calva. Hoy me espera Doña Karlota, cuyos hijos gemelos tapan cada semana el lavaplatos. Luzco mi boina favorita y disfrutaré algo de jazz durante las cinco cuadras de recorrido. Como siempre, me reciben los chiquilines enérgicos.

—¡En guardia! —gritan al unísono—. Señor Pirata intruso, te esperábamos. ¡Será el gran día para vencerte!

—No lo creo pequeñitos, porque hoy traje mi arma secreta.

—¿Cuál es esa arma, señor Pirata? —dice riéndose el más pequeño.

—Prepárense para mi puño de acero, ja, ja, ja.

Los niños corren hacia su habitación en medio de gritos y risas. De lejos, su madre asienta la cabeza y con la "trompa" me señala el dichoso desastre de todas las semanas. Esta es una gran casa, miro el problema como de costumbre.

—¡Dios!, un verdadero campo de batalla, de seguro se libró en este lugar.

—Definitivo, señor Helbert y usted parece entenderlos; siempre preguntan ¿y cuándo vendrá el Señor Pirata? Debería venir más seguido, así de pronto paran un poco el desastre. A veces se ponen tan insoportables…

—Ja, ja, ja, a esos pequeños los veo asomados por la ventana desde que llego. Vamos a ver qué pasó acá.

—Adelante, señor Helbert.

«Drenaje, ¿dime que escondes en esta ocasión? ¡Estos geme-

los se han vuelto tan expertos! ¿Quién introduce un osito en un espacio tan pequeño?, y un cepillo de dientes, y un sacapuntas... Me tomará menos tiempo esta vez».

Mientras saco las herramientas, miro con el rabo del ojo a los chiquilines sentados; están pendientes para volver a la guerra y retenerme un poco más. Son tremendos estos polluelos, capaces de hacer todo esto por unos minutos de atención.

—¡En guardia! —me gritan al terminar.

Logro zafarme esta vez de prisa. Al salir, me topo con algunas maletas, son de su padre; parece que las discusiones llegaron a su fin. Levanto mi boina para continuar el recorrido en medio de un silencio incómodo. Dentro del auto volteo la mirada al portal y están los pequeños piratas moviendo sus manitas con caritas expectantes.

Me dirijo al siguiente destino, mientras pienso en aquellos dos. *«¿Buscarán la forma de hacerme volver?»*

Al llegar al lugar me topo con un letrero en la puerta: "Deje sus zapatos afuera".

Olor formidable, casa ordenada, agradable música. Acá los saludos son de puños con una jovenzuela en plena mocedad, preguntas acerca de la esclavitud y la guerra son de esperarse; las prepara empáticamente, presume conocer acerca de mis antepasados, interrumpe su padre, un personaje ejemplar y elocuente, propio de un filósofo, para mostrarme las fotos colgadas de sus últimos viajes, porque según él, lo invitan a distintos lugares como expositor de grandiosos temas, ha estado en todas partes del mundo, cenado en los mejores hoteles junto a personas cultas y destacadas.

—Señor Herbert, mire cuántas fotografías. Visitamos Xhosa, pueblo de donde es originario Nelson Mandela y tomamos muchas fotos; allí pude exponer algunos temas.

Asiento con la cabeza, mientras espero que me muestren el sitio donde voy a destapar. En esta ocasión, el baño es el escenario de trabajo. Nada grave debe esperarse, pues se ven muy cuidadosos.

—El baño para mí es un lugar sagrado: representa la privacidad —habla la dulce, no tan niña, de ojos miel y pelos dorados, mientras presume de sus últimas investigaciones acerca del sufrimiento de aquellos defensores de la libertad. Sonrío y mientras desarmaba el grifo de fondo, el soliloquio suena junto al musical de antaño. Ella desea estudiar artes, sin embargo, la describen como la futura sucesora de su padre.

—Me consiguieron un lugar para estudiar en la universidad más prestigiosa del país, la misma en la que estudió mi padre.

—¿Me habla a mí?

—Sí...

—¿Y a ti te gusta?

—¡Es del asco total!

—Hum, bueno, deberías decírselo.

—¿No sabe cómo son verdad? Mi cuarto está pintado de rosa y lo detesto, mañana tengo clases de tango, ni le digo cuanto lo odio. Deberían darse cuenta, ¿nota mi emoción al bailar?

Procuro guardar silencio mientras escucho por única vez tanta espontaneidad en esta casa, pero, ¿qué pudiese esconderse en el lavamanos de una familia tan culta, educada y con buen gusto? Ha de esperarse lo usual, sin embargo, me encuentro con gran acumulación de cabellos y un trozo de jabón atascado. No había visto tanto cabello en un lavabo y si miro con más atención puedo ver como ella cubre su cabeza en un intento de ocultar su desesperación.

En estos tubos yace la gran necesidad de ser auténticos, de permitirse cometer errores y la libertad de elección, el estado de ánimo se va junto con sus amarillos hilos por el desagüe.

Al finalizar, nuestras miradas se topan, me terminan de contar su verdad, sus brazos y cuero cabelludo gritan de forma indecente por todas estas tuberías.

—Me despido. Ha sido un honor compartir cuentos e historias.

No me queda más que continuar. ¿Cómo no involucrarme en mi último día? Hago señal de despedida, acomodo la pequeña boina en mi cabeza y estoy listo para llegar a mi último destino.

Los Álvez no tienen niños, viven en una casa rodeada de árboles. La esposa es quien me recibe. A ella le gusta cuidar sus plantas y la he visto regarlas, siempre sonriente, una y otra vez. Huele a horno. Ella prepara grandes cantidades de postres. Después de ofrecerme uno para degustar, veo la dificultad que se encuentra en la tina de baño; destapo mientras noto como ella mira sus fotos con nostalgia. Hace un par de años era piloto, si no lo veo no lo creo, ¡pues, válgame!, ella parece ahora de porcelana, delicada como un jazmín.

Conoció a su "todo". En él encontró la oportunidad de tener una familia y hasta ahora luce muy contenta. Cuando él llega a casa ríen todo el tiempo, le cuenta con gran entusiasmo los logros y casos ganados; ella, admirada, no para de verle. Lo ama y es feliz por él, mas algo le falta, como a todos los demás. Prefiere callar su deseo y dolor, teme que sea perjudicial, silenciando el sonido de las palabras liberadoras para permitir parlotear a otras partes de su ser.

Mi día termina luego de recoger una colección de navajas producto de la obstrucción causada. No puedo evitar ver sus brazos muy cubiertos y su aspecto escuálido. Me despido de ella, sonríe reconociendo mi rostro.

—Y, ¿cuándo vuelve? Aún habrá otras cosas por reparar —Me aprieta el brazo suavemente.

—Estaré en casa, eso creo. Solo, llame.

No quise decirle, en ese momento, que era mi último día de trabajo. Me dirijo a mi hogar. Conduzco pensando en lo afortunado que soy de compartir cada día con todas estas familias, aunque a veces quisiera poder hacer algo más por ellos. Finalmente, llego a la puerta de mi casa, y en mi último día de trabajo me recibe mi pequeña; en el fondo, la viejita está esperándome porque se ha tapado el inodoro.

SOBRE GLENDA

Glenda Lawrence Luna

Panameña, nacida en la ciudad de Panamá.

Psicóloga.

Crecí dentro un núcleo familiar muy fuerte. Mis padres me enseñaron como forjarme un lugar dentro de la sociedad con esfuerzo propio, deseo de superación personal y sacrificio.

Apasionada por los desafíos y fiel creyente que las dificultadas en la vida pueden ser superadas solo con la ayuda de DIOS.

EL SECRETO DEL VESTIDO ROJO

LIZKA

Se acerca la cena de gala de la transnacional en donde laboro. Para la ocasión, le compré a mi esposa, un vestido diferente a los de su colección. ¡Quería sorprenderla!

Los ejecutivos de la empresa, tenemos nuestras rutinas durante las horas de almuerzo; sin embargo, esta vez dejé de lado a mis amigos, al golf y demás diversiones, para encontrar una pieza que resaltara la belleza de mi mujer.

Luego de caminar más de una hora en un centro comercial, vi en la vitrina de una boutique, un traje confeccionado con un solo hombro afuera, de ruchas, una pretina de esos cristalitos parecidos al cuarzo y una ligera tela roja, cuyo tono las mujeres llamarían escarlata o rubí. Para mí, como para la mayoría de los hombres, era solo un vestido rojo.

Entré a la tienda y le pedí a la dependienta el favor de buscarme ese modelo en talla mediana. Luego de unos minutos, la chica regresó con la delicada prenda empacada en una bolsa para regalos, y me explicó algunos detalles del producto. Se trataba de un atuendo de diseñador, hecho en crepé más chifón, con bordados de canutillos y cinturón de cristales Swarovski.

Este regalo complacía casi todos los gustos de mi amada. Todos, menos el color.

Al llegar a casa, subí las escaleras. Busqué a mi mujer en la habitación. Me saludó algo extrañada porque llegué antes de mi hora habitual. Le di un beso, la tomé por la cintura y le entregué el paquete.

Muy emocionada, se guindó de mi cuello sin saber aún qué había dentro del envoltorio, mas por mi cara y el peso, intuyó de inmediato el contenido.

—¡Qué sorpresa, amor! No tenía nada para ponerme el día de la gala. Justo hoy caí en cuenta de eso. Gracias, gracias, gracias.

Mi esposa inundó mi cara en un baño de besos en señal de agradecimiento. Una sonrisa se asomó en mis labios al ver la puerta a medio cerrar del armario en donde guarda su ropa de gala. *«Por suerte no tiene nada para ponerse»*, pensé.

Ella quitó el lazo con mucha sutileza, como si de cortar una flor se tratase, como si pudiese susurrarle con el tacto. No podía disimular su entusiasmo. Sacó el vestido poco a poco. En su rostro se dibujó una mueca de agrado mientras tanteaba la textura.

Al ver el traje, la dicha desapareció. Su cara enrojeció. Sus ojos se abrieron de par en par, como si hubiese visto un fantasma. La sien le empezó a palpitar. Apretó los puños con tanta fuerza que sus uñas casi rompen la tela. Su cuerpo quedó entumecido, impidiéndole escapar de la habitación. Solo sus gritos interrumpieron la imprevista parálisis.

—¿Por qué no me tomaste en cuenta para ir de compras? ¿Por qué me has traído un vestido rojo? Muchas veces te he mostrado mi desagrado por ese color, sobre todo en vestidos de noche. ¡Mejor no me hubieras regalado nada!

Decepcionado por su reacción, yo también subí el tono de voz. Le dije cuán harto me tenía esa estupidez del color rojo. Reclamos iban y venían. El destino del vestido era ahora su problema. Podría cambiarlo, devolverlo o hacer lo que le viniera en ganas. Salí de la habitación dando un portazo.

Ella, en cinco años de estar juntos, no ha querido explicarme con detalles sus razones para no vestirse con el dichoso color. A pesar de conocerlas, prefiero que sea ella misma quien me las diga. Tuve mis dudas al comprar el traje, pero una parte de mí pensó que su aversión era un tema superado.

Regresé a la habitación para hablarle, ya más calmados. Entreabrí la puerta. La vi sollozando, abrazada al vestido. Lo tomó, lo posó en su torso y se paró frente al espejo. Pasó algunos segundos mirándose, mientras bamboleaba el ligero volado de la falda, no obstante, nunca mostró intenciones de ponérselo. Sus lágrimas no se detenían.

Sentí a un dardo clavarme el corazón cuando dijo:

—Mi marido nunca entendería el mal recuerdo que me traen los atuendos rojos. Él es un hombre exitoso, de una integridad irreprochable. Me siento como una reina al tener este vestido, sin embargo, el color asquea mi memoria al sentir el olor a tulipanes frescos, el sabor a fresas, la textura de las trufas…

Me serví esta copa de vino. Cada sorbo trae un recuerdo a mi mente, todos relacionados con el Club Carmesí. El aroma a tanino de los mejores viñedos presentes en la cava. El olor a tulipanes frescos, el sabor del Royal Salute 50, el vapor del sauna y lo relajante de cada gota de sudor en mi cuerpo. La algarabía del gol durante un partido de fútbol, los gemidos de las actrices porno cuando enciendo el televisor. El placer sin límites otorgado por las hermosas y locuaces damas del prostíbulo.

Cada sensación revive las diferentes veces que vi, desde lejos, a mi esposa negociar con algún posible cliente antes de subir al segundo piso del burdel. Siempre vestida de rojo. Sin importar lo que ella diga, ¡ese color le luce de maravillas!

No hay nada por lo cual deba avergonzarse, pero entiendo sus razones para mantener el secreto. A mí tampoco me apetece confesarle mis visitas al club durante el mediodía

SECUELAS DEL PASADO

LIZKA

Un olor a pólvora impregna el cuarto de Roberto. Las paredes de la casa se estremecen a punta de cañonazos y estallidos. Poco a poco, la neblina de humo cubre todas las calles aledañas. Es media noche, tan solo faltan cuatro días para Nochebuena.

El niño, adormecido, escucha una multitud corriendo y gritando a la deriva. Siente calor. En el ambiente hay un chasquido parecido al de la leña cuando su abuela recién enciende el fogón.

A lo lejos, escucha los porrazos que su insistente vecina da a la puerta, tratando de llamar a su madre.

—¡Sal, coño! Despierta a los pelaos, nos invadieron.

El chico trata de levantarse y correr, mas sus extremidades están paralizadas. Quiere llamar a su mamá, pero tampoco le sale ningún sonido. Su cuerpo inmóvil solo le permite parpadear al contemplar el techo de la habitación.

«El cansancio me ha dejado engarrotado», piensa el chaval, pero la realidad es diferente. Como su madre parece no prestar atención a la histérica vecina, él prefiere seguir durmiendo.

Al rato, unas luces blancas y el sonido de helicópteros le interrumpen otra vez su descanso. *«¿Helicópteros Cobra?»*, se pregunta. Hace algún tiempo, el vivaz chiquillo, vio un reportaje de estas aeronaves en canal ocho.

En esta ocasión, Roberto logra asomarse a la ventana. De un lado observa cómo el fuego consume el cuartel de la policía, la cárcel y las barracas cercanas al edificio en donde vive con su madre y su hermana.

Del otro lado, el crujir de los viejos caserones de madera se mezcla con el lamento del centenar de heridos apostados a lo largo de la avenida A. Destellos blancos, naranjas y verdes se forman en el cielo con cada detonación; entretanto, soldados foráneos, altos y fuertes, desfilan por todo el barrio con la intención de dispararle a quienes parezcan enemigos.

Las luces de uno de los helicópteros, apuntan directo a la azotea de su edificio. Del aparato, salen ráfagas de disparos que impactan a los refugiados en el techo, quienes, por su forma de vociferar, parecen policías panameños. El helicóptero causa un estropicio ensordecedor. Ni siquiera el más temerario de los truenos, ruge con tanto poder.

Atemorizada, la madre toma entre brazos a sus dos retoños. Sin pensarlo, huye de ese infierno, en dirección al Cerro Ancón. A su paso, encuentran muertos y heridos por doquier. Gente chillando de dolor, suplicantes de piedad y justicia. Niños perdidos que no encuentran a sus padres; padres berreando por la ausencia de sus hijos.

Un hombre, con una pierna mutilada, tendido sobre un charco de sangre, extiende la mano implorándoles ayuda. A su lado, una niña muy malherida aún abraza a su muñeca calcinada.

Roberto intenta detenerse para ayudarlos, pero su madre no mira a nada ni a nadie a su alrededor. Se alejan del área a la velocidad de un meteorito...

Dos sonidos fuertes y secos terminan de sacar al pequeño de su letargo. Se despierta sudado, con el corazón acelerado. Se levanta como un resorte de la cama. De pie, a oscuras en su cuarto, un silencio repentino retumba en la pared. Se da cuenta que ya no es el niño de ocho años que vivía en El Chorrillo en diciembre de mil novecientos ochenta y nueve.

—Pero, ¿qué carajos está pasando? ¡Ni siquiera es diciembre!

El olor a pólvora se esparce por toda la barriada. Al otro lado de la calle, los vecinos de Roberto, en su mayoría de descendencia china, se abrazan y se dicen en tono alegre:

—¡Xin Nián Kuai Le!

Niños y adultos gritan eufóricos por el despliegue de juegos pirotécnicos. El cielo resplandece con formas de múltiples colores. Una de las vecinas toca a su puerta para invitarlo a celebrar con ellos el Año Nuevo chino.

Roberto se siente fatigado, agotado mentalmente. No está para festejos. Esta vez, los recuerdos evocados por su memoria fueron demasiado intensos. Sin embargo, no logra zafarse a la obstinada vecina.

Se cambia de ropa. Dispuesto a compartir con sus vecinos, sale de su casa. Mira a la esquina adyacente, y allí, está el hombre sin pierna junto a la niña de la muñeca. Sus rostros aún reflejan pena.

DESPEDIDA

LIZKA

La suave brisa del verano roza mi cara, mientras unas tortolitas baten sus alas vigorosas, sobre el fresno que antecede al portal.

Desde aquí, todo luce en calma. Se hacen más perceptibles los diferentes tonos de ocre y marrón del agonizante atardecer. Ahora, aprecio la belleza a través de todos los sentidos, presto más atención a cada detalle. ¿Cómo puedo sentir paz entre tanta tormenta?

Todo pasó muy rápido. Apenas teníamos cuatro días de haber regresado de un crucero por el Mediterráneo, cuando mi esposo, Antonio, empezó a padecer algunos síntomas del resfriado.

La fiebre, el dolor muscular y una tos incesante no le dejaban dormir. Con los días, su tos se volvió más seca, más seguida. Ningún jarabe, ni menjurje, la hizo desaparecer. El mínimo paso le sustraía el aire. Jadeaba con cada palabra, su pecho se oprimía por el dolor.

A la semana de nuestro regreso, mi hijo mayor y yo, llevamos a Antonio a una sala de urgencias. Al llegar, le practicaron algunos exámenes de rutina; su nivel de oxígeno marcó 90%. Fue diagnosticado con neumonía atípica, al menos eso creyeron los médicos de acuerdo al cuadro presentado.

Por la delicada situación de mi esposo, lo hospitalizaron de inmediato. Fue sometido a diferentes terapias con oxígeno. Pese a todo esfuerzo, no progresó. Su respiración, casi imperceptible, se dificultó más día tras día, hasta el punto de quedar inconsciente durante algunos minutos, o quizás horas.

Para esas fechas, los casos de personas infectadas por el nuevo virus descubierto en China aumentaban imparablemente. Miles de muertos dejados a su paso por algunas ciudades de China y Europa, las más afectadas.

Antonio agravó. Lo trasladaron a la unidad de cuidados intensivos, le indujeron el coma y lo conectaron al ventilador mecánico para mantenerlo vivo por tiempo indefinido.

Cada minuto, yo desfallecía junto a él. Su languidez me roía el corazón. Más de una vez me rasgué las vestiduras de enojo ante el altar. Ni Dios, ni sus santos, parecían tener oídos. Todos ensordecidos ante mis oraciones.

Afligida y preocupada, le pregunté al médico si era posible que mi esposo hubiera adquirido la nueva enfermedad durante nuestro viaje.

—Es poco probable —me dijo. El Ministerio de Salud aún no había activado los protocolos para el manejo y contención del virus. No se habían reportado casos positivos en el país. El hospital tampoco tenía los reactivos necesarios para aplicar estas pruebas por tratarse de un virus nuevo.

El doctor me propuso mantener la calma. Según él, Antonio permanecía en buenas manos. No podía tranquilizarme. La ansiedad me carcomía mientras mi marido empeoraba sin ninguna garantía de cura.

Me sentía tensa, cansada, con una sensación de vacío en el estómago. Además, una combinación de estrés y rinitis alérgica repercutía en mi cuerpo, decía el médico. Días después me dieron otra noticia.

Me desesperé. Lloré día y noche. Maldecía las injusticias que a veces tiene la vida. Una vorágine de emociones me arrolló sin piedad.

No quería que Antonio terminara así, no de esta manera tan odiosa e inhumana, sin poder moverse, ni expresarse. Irónicamente, la soledad y los sonidos provenientes del respirador para conservarle el aliento, eran su única compañía en aquella habitación teñida siempre de oscuridad.

Cuando abría la puerta de la habitación, me invadía el temor de encontrarme con su cuerpo inerte. Mi fortaleza física y anímica empezaron a abandonarme. Aun así, acompañé a Antonio cada mañana para manifestarle que no lo dejaría solo, aunque a veces fallamos ante algunas promesas.

Una mañana entré, Antonio seguía sin mostrar signos de mejoría. Los médicos tampoco me daban esperanzas sobre su evolución. Quizás, nuestra historia tenía sus días contados. Débil y llorosa, tomé su mano. Le dije las siguientes palabras:

«Hola, mi amor. Espero puedas escucharme. Sabes que eres la roca de nuestro hogar, ese barco seguro a donde siempre podemos regresar. Desde hace treinta y siete años te convertiste

en la persona más importante de mi vida, por favor, no cambiemos eso. No estoy preparada para decirte adiós.

Hoy quiero hacer eco de las mismas palabras que le decías a nuestros hijos "Luchen por sus metas". En este momento tu principal meta es vivir. Haz todo lo posible por quedarte en este mundo, por regresar a casa.

Gracias por regalarme esas vacaciones soñadas por las islas griegas e Italia. Fue una de mis mejores experiencias a tu lado; la guardaré por siempre en mi corazón. Al cerrar los ojos, en mis momentos de quietud, recuerdo el azul intenso del mediterráneo y a ti, riendo porque no podíamos quitarnos de las fotos a la pareja de japoneses. Solo por esa sonrisa, por ese instante de felicidad, valieron la pena todos los años de espera.

En nuestra travesía como pareja, hemos tenido altas y bajas, como cualquier matrimonio, pero siempre hemos hecho lo mejor posible para superar cada adversidad desde el amor, teniendo a Dios como centro de nuestras vidas.

Si no logramos superar esta nueva prueba, quiero decirte lo maravillosa que ha sido mi vida contigo; no la cambiaría por todo el oro del mundo. Tú y mis hijos son mi tesoro. Estoy segura que nosotros también lo somos para ti.

Mi mayor anhelo en este instante es pasar otros treinta años a tu lado, pero si las circunstancias no lo permiten, prometo estaré bien. Cada día te extraño más. Te amo.»

Al terminar de hablarle, sentí la respiración entrecortada. Noté también mi falta de olfato y de paladar.

Esa fue la última vez que visité a mi esposo. Dicen que las personas en coma pierden todo estado de consciencia, sin embargo, tengo la firme convicción de que él escuchó mi mensaje. Hoy, veinticinco días después de nuestro último encuentro, Antonio fue extubado. ¡Qué alegría me da saberlo! Se recuperará, cumplirá sus sueños. Encontrará consuelo y felicidad al lado de quienes lo aman.

Termina el atardecer. Las aves del fresno vuelan hacia su lugar de descanso. Yo, desconcertada, sigo el camino hacia mi última morada. Jamás pensé que algo invisible tuviera el poder de privarnos la vida sin distinción ni compasión alguna.

SOBRE LIZKA

Lizka Johany Herrera Jaramillo

Panameña, alegre y curiosa de la vida. De profesión es ingeniera en sistemas computacionales y máster en gestión de calidad con más de veinte años de experiencia en la implementación de SIG para diferentes industrias.

Cuenta con estudios en el área de turismo, desempeñándose actualmente como coordinadora de viajes.

Ha participado en varios talleres de creación literaria, especializándose en los géneros de cuento y ensayo.

Leer y viajar son sus principales aficiones pues le permiten transportarse a lugares desconocidos en donde puede crear personajes y entornos para sus historias. Entre sus temas favoritos están las emociones, la neurociencia y la investigación detectivesca.

Algunas de sus narraciones fueron publicadas en la antología *Entre tinta y papel* de Fuga Editorial (Panamá 2018) y por la academia El Oficio de Escritor (Barcelona 2020).

IG @royaltyadventures @clicatuvida @lizkajohany

¡USUREROS!

Paulino

Un día cualquiera, temprano en la mañana, prendí el computador y entré en el sitio web del banco donde tenía mi cuenta de débito. Estaba medio turulato aún, pero, al ver el saldo, se me quitó la pendejada. Mi cuerpo entró en alarma. Me acerqué más al monitor y comencé a repasar los pasos que había seguido.

«¡Todo lo hice bien!», me dije para mis adentros.

Me hurgué los ojos, buscando mejorar la precisión visual y para limpiar el exceso de lagañas, debo admitir. Me fijé con detenimiento en los consolidados y sí, hacían falta mil dólares de mi cuenta. Respiré profundo. Luego solicité —por la página web—, el detalle de transacciones. Segundos eternos. En eso, la página web se cuelga.

—¡Coño, coño, coño! —vociferé a todo pulmón, golpeando simultáneamente la mesa con el puño cerrado.

—¡Cálmate, cálmate! —me dije, procurando mantener un estado de serenidad puramente artificial.

Tecleé lo más rápido que pude, y en pocos minutos me encontraba nuevamente en la pantalla de consolidados. Y sí, definitivamente faltaban mil dólares. Presioné la opción de detalle de transacciones. Esperé, en esta ocasión aparecieron los datos. Se habían realizado dos salidas de efectivo, cada una por quinientos dólares. La primera ocurrió a las once y cincuenta de la noche y la otra a las cinco de la mañana del día actual, vía cajeros automáticos —alejados por completo de mi sitio de residencia y de trabajo—. Imprimí el consolidado y el detalle de transacciones. Me terminé de arreglar como pude y salí endemoniado a la calle, rumbo al banco.

Mientras caminaba, la efervescencia emotiva estaba produciendo estragos en mi autocontrol personal.

Cuando llegué, había una larga fila que le daba la vuelta al banco hasta afuera. Quedé desorientado. Un señor se acercó a toda prisa y decidí seguirlo. Aunque me excedía bastante en edad, tengo que admitir que caminaba con mucha celeridad. Lo alcancé y me colgué de su hombro y esto lo obligó a detenerse.

—¿Qué carajos quieres? Déjame llegar a mi fila —espetó con ira desmesurada.

—Por favor, no se enoje. ¿Qué evento hay hoy en el banco?

—¿Qué pregunta es esa? ¿Eres retardado? Pues, cobro de jubilados.

No había terminado de decir la última sílaba cuando se perdió entre la multitud a velocidad de saeta.

No me amilané y me dije, *«¡no hay tiempo que perder!»*.

Por si eso fuera poco, había unidades móviles de las diversas televisoras del país apostadas en las aceras próximas al banco, ubicadas en los cuatro puntos cardinales. Daba la sensación de multifamiliar abarrotado.

Algún evento debe estarse efectuando.

—¿Qué será? —me pregunté.

Sin más dilación, fui buscando la puerta de entrada al banco. Mientras rebasaba a los adultos mayores petrificados en la fila, escuchaba a lo lejos todo tipo de improperios. Cuando finalmente me topé con el policía de la entrada del banco, le expliqué o traté de explicarle mi caso.

—Señor oficial, tengo un problema con mi cuenta de débito. ¿Con quién tendría que hablar?...

Mientras exponía mi caso, la gente de la fila, vociferaba fuera de sí, totalmente exacerbada:

—¡Para atrás...!

—¡Mire! —exclamó el policía—, no sé qué transacción irá a realizar al banco. Y para serle franco, no me importa. Pero, si lo dejo pasar, este poco de viejos me van a linchar aquí mismo. Así que, ¡PARA ATRÁS, FORME SU FILA!

Al gritarme esto, se escucharon vítores, aunado a gran cantidad de epítetos desagradables —que me los reservo para mantener este escrito apto para todo público—, y frases aleccionadoras.

—¡Bien hecho!, eso es lo que hay que hacer con los malandrines sin oficio...

—¡Por eso este país está, como está!...

—¡Esta juventud no tiene la mínima decencia, ni decoro!

No desistí y traté de razonar con él nuevamente. Pero fue

un esfuerzo del todo infructuoso. Y..., no tuve más opción que ir al final de la fila, mientras seguía escuchando cuanto regaño se les ocurrió esbozar a los ancianitos bonachones. En la espera, tuve que aguantarme algunos discursos acerca de lo bueno que habían sido los tiempos de antaño.

El avance era sumamente lento. En la fila todo era hostilidad y quejas. Tan solo uno moverse y todos los ojos te seguían. Creo que, para superar semejante suplicio, mi mente estaba como sedada o entumecida. En eso, una señora interrumpe mi comprometida quietud.

—Jovencito, ¿y usted qué hace aquí? —no había terminado de hacerme la pregunta cuando los que estaban cerca, y algunos que estaban lejos, voltearon sus ojos hacia mí.

No era un espectáculo plácido. Ceños fruncidos, bocas torcidas, cejas alzadas y un amotinamiento que me sofocaba la respiración.

—¡Contesta! —me gritó un viejo que no tenía ni vela en el entierro.

—¡CONTESTA! —exclamaron todos.

—Soy el nieto de un antiguo combatiente de la Guerra de los Mil Días y vengo a cobrarle la pensión a mi pobre abuelo. Luego, iré al supermercado y a la farmacia para que no le falte nada. ¡Qué les puedo decir, obligaciones de un amoroso nieto! —cada frase esbozada por mí, con solemne parsimonia y recato.

—¡Qué nieto!, en cambio, a mí, me tocaron una partida de mal agradecidos y vividores —recalcó una señora con la vista perdida en el infinito. Luego, cual torrente de manantial, se le llenaron los ojos con sendos lagrimones, seguido de un estridente estornudo que dio paso a un moco verde chicloso estirándose en un filamento irrompible.

Mientras tanto, un abuelo que se puso a tirar cálculos, me abordó directamente:

—¿La Guerra de los Mil Días?, ¡pero si eso fue al inicio del siglo veinte! ¿Qué edad tiene tu abuelo muchacho? ¡No entiendo como tiene un nieto tan joven! —Y pasó a poner una mirada inquisidora, saturada en incredulidad

—¡Mire, señor!, mi abuelo rebasa los cien años, pero tuvo mujeres esperándolo hasta después de los noventa y cinco. Con honestidad, ¡era todo un semental!

Al decir esto, todos los presentes lanzaron un:

—¡OOOOOOHHHHHHHHHH!

Esa ovación recorrió como una ola la fila, les trajo alegría y esperanzas a los señores y señoras presentes. Cada uno por su interés particular. En el caso de los hombres, porque el comentario demostraba a todas luces que aún podían ufanarse de su virilidad y masculinidad. Y en el caso de las mujeres, todavía existía la esperanza que, en algún inesperado momento, funcionara de nuevo el traste viejo que tenían en casa.

El afortunado comentario me convirtió ipso facto de inadaptado y repulsivo, a celebridad de jubilados. A mi alrededor, un inusitado ambiente de algarabía alivianó el resto de mi viaje a la puerta del banco.

—Mijo, ¿cómo se llama usted?

—Héctor, señora, me llamo Héctor...

—Y ¿tu abuelo?

—Macario...

Y, al igual que la más eficiente red de fibra óptica, se corrió mi nombre en un santiamén al resto de los jubilados. Rodeado de un halo de misterio y leyenda. Quién diría que, de un momento a otro, me convertí en el eximio líder de los jubilados ante la opresión de la más inclemente de las dictaduras: "el banco".

Finalmente, llegamos a la puerta, y al entrar, mis ojos contemplaron un legítimo mercado persa en todo su esplendor. En medio de la sala del banco estaban dispuestas treinta sillas, un tablero informático de tecnología LED mostraba el número del siguiente cliente, próximo a atender. De fondo, una voz electrónica repetía la información ya colocada en el tablero luminoso. El tropel y bullicio de la gente creaba una atmósfera exasperante, de la cual no se podía escapar. En este lugar se hacía fila hasta para lo más inverosímil.

Lejos del berenjenal, se encontraba una sección reservada para los altos ejecutivos, decorada con gusto exquisito, hecha de prístino vidrio y totalmente aislada en lo acústico del resto del banco. Allí, reunidos con los medios televisivos y otras personalidades de la esfera financiera y empresarial del país, degustaban sendas viandas en un ambiente distendido y ameno. Desde afuera, se veían a todos los participantes muy divertidos, totalmente ajenos al desmadre de los que estábamos fuera. En el fondo del salón, un letrero decía en letras claramente definidas: *"Certificación ISO-90301"*, por Seguridad Bancaria. Otro letrero de diseño más vivaz y llamativo, mostraba el siguiente eslogan: *"El banco más seguro de Latinoamérica"*, y concluía con una rotunda aseveración motivo de orgullo del banco: *"Los infranqueables".*

Un mismo sitio, dos realidades rotundamente diferentes. Un sistema de castas, sutilmente implementado. ¡Qué fastidio de gente! Pero, mientras arreglen mi desbarajuste financiero, ¡no me importa!

De tiempo en tiempo, algún viejito me tocaba el hombro para saludarme. Recuerden, ahora era su líder. Un tipo de mesías, o algo así. Con paso torpe fui avanzando de a poco a la recepción que hacía de veces de centro de información bancaria. Como es de suponer, me esperaba otra notable fila. Y, cuando finalmente me topé con la secretaria, esta no medió palabra conmigo, solo me señaló una pequeña máquina ubicada en la esquina.

Me dispuse a llegar a la susodicha maquinita. Y allí estaba. Con seis botones grandes autoiluminados. Los cinco primeros botones tenían que ver con la apertura de cuentas de débito y crédito, apertura de plazo fijo y cuentas de ahorros de navidad. El último botón aislado decía: "Inconvenientes bancarios". Era evidente que mi situación solo calificaba para este botón, lo presioné, la maquinita me dio el número novecientos cincuenta.

Lo tomé con calma. Después de todo, ya había llegado hasta allí. Me senté con sosiego entre el grupo de sillas que estaban dispuestas en el centro del banco, y esperé.

En ese momento éramos tres personas. Recuerdo que estaba eufórico. Al fin tenía un puesto envidiable. Mi misión ahora era concentrarme en el tablerito LED hasta que apareciera el número novecientos cincuenta.

El tiempo fue transcurriendo. En pocos minutos, las treinta sillas estaban llenas de clientes. Luego, al ir llamando a las personas para atenderlas, se vaciaban las sillas y yo seguía allí. Concentrado en el tablerito, fui testigo de cuánto número quiso desplegar ese cachivache, menos el mío. Se volvían a llenar las sillas y se volvían a vaciar y yo allí. En el tercer ciclo de llenado y vaciado, no aguanté más.

«¡Me están viendo cara de idiota! Como seleccioné el botón de problema bancario, nadie me quiere atender. Prefieren abrir cuentas nuevas, vender tarjetas de crédito, etc. Pero esto no se queda así. ¡Ya verán!»

Me paré y con sigilo me ubiqué en un sitio estratégico. Preparé mi garganta y usando todo el galillo que tenía grité a viva voz.

—¡Le clonaron la tarjeta de débito a mi abuelo y le robaron mil dólares!

Por cosas del destino, estaban saliendo los medios televisivos, con el gerente del banco y con el gerente de seguridad informática hablando de todas las bellezas del sistema y de la naturaleza inexpugnable de este. Y, coincidentemente, aparece un cliente (yo), diciendo que le clonaron la tarjeta y le robaron. ¡Eso sí que era una primicia!

Luego de esto, un maremágnum de gente me rodeó, en su gran mayoría jubilados gritando consignas y cantos de lucha. Tornaron el lugar y el momento en un conato de convulsión social. Era como si se hubiera agitado con fuerza una botella de Coca Cola y luego, sin más, se hubiese destapado. Y, el hecho que estuviese siendo todo televisado, caldeó los ánimos a niveles totalmente insospechados.

Dentro del recinto comenzó la empujadera. Los que estaban afuera, al ver semejante alboroto, empujaron con fuerza descomunal la puerta de entrada, arrastrando a la policía, que no pudo hacer nada ante la cantidad de gente. En un golpe, el banco se convirtió en una especie de mazmorra. ¡Un lugar abarrotado de gente! En donde el solo hecho de respirar, requería de enormes peripecias.

Como recordarán, el recinto estaba lleno de adultos mayores. Por lo que, tanto jaleo comenzó a tener visibles consecuencias. Una escena dantesca de señoras desmayándose, viejitos gritando consignas, individuos queriendo salir y muchos otros queriendo entrar. Los medios televisivos estaban fascinados. Ya habían ordenado al dron del canal hacer la filmación aérea del amotinamiento de los jubilados en la parte de afuera.

En el medio de semejante locura, estaba yo, con los ya olvidados saldos impresos, enrollados a modo de papiro. Entonces, se apoderó de mí un espíritu indómito de lucha y contienda.

«Tengo que hablar con el gerente, y exponerlo en frente de las cámaras. ¡Ahhhh!»

«Mejor aún, un careo, en vivo en televisión nacional. ¡Fuego cruzado!»

En tanto, los ejecutivos del banco estaban evadiéndose por una puerta alterna.

«De seguro este lugar ya no les resultaba cómodo. ¡Para nada!», pensé yo.

En eso, un viejito los vio huyendo y vociferó:

—¡Agárrenlos, están huyendo…!

De inmediato, les cortaron el paso, esto fue ejecutado con precisión milimétrica por señores que en otrora habían sido militares, y la verdad, no fueron muy delicados en el traslado desde la puerta de emergencia hacia donde yo me encontraba.

—¡MUÉVANSE!, no saben lo que es pasar trabajo —exclamó con coraje uno de los jubilados militares, mientras empujaba con fuerza desmedida al gerente.

Cuando al fin tuve a los ejecutivos en frente, ya habían pasado por todo tipo de vejámenes. Desde escuchar cualquier cantidad de improperios y recibir empujones, hasta soportar golpes fortuitos por parte de bolsos de dulces e inofensivas viejecitas.

Ya frente a frente al gerente, con su imagen impoluta arruinada. Su rostro agolpaba innumerables gotas de sudor que descendían de forma aleatoria hasta fusionarse en un charco que se hizo en el piso y, aun así, mantenía una manera muy peculiar de mirar con desdén y repulsión, que... bueno... se la fueron quitando a punta de golpes en el cuello efectuados de manera magistral por los exmilitares, contentos de poder aportar parte de su fortaleza y sapiencia en la resolución de conflictos. Hago la aclaración de que ellos se empoderaron y a manera de contribución desinteresada, brindaron con todo gusto sus muy preciados servicios a la causa.

—¡Gracias, muchachos!

El ruido ensordecedor de la muchedumbre, el gentío, la euforia. Levanté la mano derecha en alto. Al segundo siguiente, silencio absoluto...

Las cámaras de televisión esperaban expectantes el show. Los tenía en mi mano. Y arremetí con todo.

—¡Se llenan la boca diciendo que tienen el sistema más seguro a nivel bancario! ¡Pura publicidad engañosa! —les dije con un tono impregnado de sorna.

Con esa entrada, el vulgo entró en clímax.

—¡UNIDAD! ¡UNIDAD! ¡UNIDAD!, ¡LADRONES! —Consignas que hicieron estremecer el banco hasta sus cimientos.

Volví a levantar la mano derecha en alto. Y, de nuevo, silencio absoluto.

—No entiendo cuál es su problema joven —comentó entre dientes el gerente del banco.

—¿Mi problema? Que clonaron la tarjeta de débito de mi abuelo que está a mi nombre y robaron mil dólares.

—¡Eso no puede ser! ¿Cómo sucedió? —ripostó el gerente.

El gerente, en su desesperada letanía, buscaba la mirada del gerente de informática, el que solo supo encoger los hombros.

—¿Qué? ¿No me cree? Aquí le tengo las pruebas —Enfaticé cada sílaba con aires de triunfo.

—No es necesario —contestó el gerente.

—¡Claro que sí!, es importante.

Para darle más dramatismo, reté a los medios a que hicieran un zoom (acercamiento) del documento. ¡Mi jugada maestra! Usé todos mis dotes histriónicos, (que no sabía que los tenía, pero los usé). Comencé a desenrollar mi papiro. Lentamente, para degustar mi triunfo. Al hacerlo, mostré el documento que contenía los saldos directamente a las cámaras de televisión. Una sonrisa amplia, de oreja a oreja, engalanaba mi rostro en este momento.

Un periodista se apresuró a hacer la siguiente afirmación:

—Pero si estos saldos no son de este banco.

—¿Qué? —repliqué yo. Vi el documento con desesperación

y me detuve en el logo que aparecía al lado derecho de la hoja. Y sí, este no era el banco del problema.

Con una carcajada nerviosa dije sin mucho afán:

—Ups, sorry me equivoqué…

El salón enmudeció y sin verlo venir, el puño del gerente de seguridad se estrelló directo en mi cara.

SOBRE PAULINO

Paulino Bocanegra Quesada

Analista y programador de computadoras de profesión. Con más de 30 años de experiencia en empresas nacionales e internacionales. Ávido lector. Entre los géneros literarios de su predilección están: las novelas históricas, thrillers, historias de ciencia ficción, temática religiosa, grandes clásicos de la literatura mundial y cuentos.

Humanista consumado. Budista. Miembro activo desde hace 44 años, de la Soka Gakkai Internacional, organización mundial budista con 12 millones de miembros con presencia en 192 países y territorios.

Forma parte de la junta directiva del colegio: Centro Educativo Tsunesaburo Makiguchi (CETM), Panamá. En donde se implementa el sistema educativo para la creación de valor.

Cursó los entrenamientos de Escritura Creativa y Escritura Creativa Superior del taller de Carmen y Gervasio Posadas, Madrid, España.

Además, formó parte del Diplomado de Creación Literaria dictado por reconocidos escritores de las letras panameñas en la Universidad Tecnológica de Panamá, en su edición 2020. El cual fue detenido debido a la pandemia mundial del COVID19. De esta truncada edición del diplomado surgió la cálida amistad con el resto de los escritores de esta antología.

ADIÓS, MALDITO INFELIZ

COSTARELO'S

*"Nada está prometido para la eternidad,
ni los amores de los amantes
que juraron amarse para siempre"*

Eva, nunca tuvo la suerte de ser madre: su vientre era un cementerio vacío, sin alma, donde la sequía perduraba, matando la esperanza de arropar sus sueños. Pero seguía allí, escuchando sus reproches por no poder darle un hijo, soportando el peso de una vida en silencio, con la mirada de su marido clavada en su frente desde el día en que la amenazó de muerte, sin saber si cumpliría su promesa o no. Deseaba escapar de él, sus celos enfermizos lo hacían dudar de ella, la manía de controlarla era permanente. La última vez, fueron doce los puntos de sutura efectuados, luego que el frío filo de la navaja laceraba su cuerpo sin dudarlo, solo por llegar dos horas más tarde de lo acostumbrado; no era su culpa, sino de su pobreza y del mal transporte público en Panamá.

Esa noche, nadie durmió. Desde el pasillo del edificio se escuchaban los gritos de aquella habitación oscura, donde los muebles resonaban de un lado al otro, como si tuvieran vida, caminando solos; hasta que se hizo un silencio, que fue interrumpido por su voz pidiendo auxilio.

Era la décima vez, en menos de tres meses, de los estruendos en su departamento, pero, esta era la primera ocasión en que ella pidió ayuda y al verla ensangrentada, gritando desde su balcón, los vecinos pensaron que era su final. Se la llevaron en la ambulancia, de prisa. Al parecer, alguien había avisado.

A la media hora, dos policías tocaban a su puerta, nadie encendió la luz ni atendió. A los pocos días, Eva regresó a casa y todo empezó otra vez.

Esa noche no se escuchó ruido, pero, en la habitación, él, deseoso de ella, le desgarraba la ropa, su lengua húmeda recorría el cuerpo rígido, adolorido por los golpes de la última vez. No le importaba si quería o no. La tiró con fuerza sobre la cama, magullándola con sus dedos callosos, ordinarios, tratando de tomar lo que no le pertenecía y, aunque ella no sentía deseo, ni tenía la fuerza suficiente para quitárselo de encima, él la tomó una y otra vez, hasta desplomarse por el cansancio y la borrachera, dejándola asqueada por completo.

En la cocina, el olor a café le devolvía la vida. Preparaba el desayuno cuando el noticiero de la mañana, informaba sobre un virus contagioso y mortal propagado en China. El caos a través de la pantalla se veía por las calles, las autoridades intentaban mantener el control, así fuera a la fuerza; gente que era arrastrada de sus casas, del metro, del autobús y de todo lugar donde los contagiados, podían infectar a otros. En ocasiones, mostraban fosas comunes, muertos, uno encima de otros.

Eva, impactada y confundida, veía el noticiero, hasta que escuchó la voz de Mario, desesperado, llamándola, como si se le cayera el mundo encima:

—¡Eva, Eva!, ¡carajo, me siento mal! Ven, ¿es qué no oyes? ¿Estás sorda o pendeja?

«Claro, después de soportarlo toda la noche sobre mí, ahora debo correr cuando me llama. ¡Infeliz, me tiene harta, ojalá se muriera!», murmuraba entre dientes, caminando sin ánimos hacia él, a pesar del deseo de librarse de esa vida, no hacía nada frente al terror que estaba viviendo. Su agobio era grande, ya no le importaba la angustia provocada por él, como si quisiera que la muerte la borrara del mapa.

Mario seguía en sus andanzas: mujeres, alcohol y droga. En Navidad no durmió en casa, ella estaba feliz de no verle la cara. En el taxi, sobraban las evidencias de su infidelidad: envolturas de condones, cepillos con cabello lacio, amarillo y rojizo, no eran de ella. La última vez, hasta encontró un panti sucio en la guantera.

«Mario es un asco, debo deshacerme de él; no puedo seguir con esta vida, trabajando como burra en la fábrica de costura, rompiéndome el lomo para ayudarlo con las letras del taxi y otros gastos de la casa, porque nunca le alcanzaba la plata». Pensaba.

Eva seguía adelante, enfrentando los gastos de su irresponsable marido. Mientras tanto, las noticias internacionales no cesaban. Algunos países tomaron precauciones, mientras el Gobierno panameño daba confianza a la población para disfrutar de sus carnavales. Mario se desapareció durante aquellos días. Eva, decidida, compró la solución para sus males, solo esperaba su regreso. Al séptimo día apareció. Se tiró en la cama a dormir, mojado con todo y ropa, tosiendo sin parar toda la noche.

«Sabrá Dios cuánto tomó ese desgraciado, ahora no aguanta el pecho. De seguro, cuando se levante, comenzará a joderme la vida, como siempre, pero esta vez será distinto, le tengo preparado lo suyo, ¡no sé por qué no lo pensé antes!».

Mario nunca se levantó. Ella fue a su trabajo temprano, y, a su regreso, él permanecía rendido en la cama.

«Seguro la resaca lo tiene cogido», caviló, mientras le preparaba la sopa de pollo.

Cuando estuvo lista, sirvió un plato para llevárselo. Se sentó en el borde de la cama, con el plato caliente.

—¡Mario, levántate!, no has comido nada. Toma un poco de sopa, te sentará bien en el estómago.

Pero Mario no respondía, al tocarlo, estaba prendido en fiebre. Colocó pañitos de agua fría sobre su frente y, de sorbo a sorbo, logró que comiera un poco.

De madrugada, lo escuchó quejándose, encendió la lámpara de su mesita de noche y, al mirarlo, sudaba convulsionando. Eva, de un brinco quedó de pie, con el celular en la mano, marcó el 911 para solicitar atención médica.

En el hospital, lo dejaron internado por su dificultad para respirar, ella regresó a casa a descansar. El viernes por la tarde, después del trabajo, cuando entró a la sala del hospital, fue abordada por una de las enfermeras, quién le comunicó el fallecimiento de su marido por complicaciones respiratorias.

En ese momento, no supo si gritar, llorar o alegrarse por haberse librado de él. Tenía sentimientos encontrados, pues, en el fondo de su corazón, estaba contenta y a la vez molesta porque no pudo hacerlo con sus propias manos. Respiró profundo, dio media vuelta y se fue a casa. Pasaron los días y ella seguía como si nada, de su trabajo a la casa, sin avisar a nadie sobre la muerte de su esposo. Tampoco se aproximó a la morgue para reclamar el cuerpo. A los meses, el virus en Panamá, hacía estragos. El noticiero informaba del primer entierro masivo en una fosa común. Eva se puso de pie, caminó a la cocina, tomó una botella de vino guardada para una ocasión especial. Se sentó en su sillón y frente al televisor, con la copa en mano, sonrió diciendo.

—¡Adiós, maldito infeliz!

HACE FRÍO AQUÍ

COSTARELO'S

¡Hace frío aquí! ¡Seguro la señora Claudia ha dejado, otra vez, las malditas ventanas abiertas! Le he dicho en varias ocasiones que, después de terminar la limpieza, cierre todo bien. Ahora siento frío, sueño y pereza, ¡no quiero levantarme a cerrar un carajo!

¿Qué estará haciendo Lucía a estas horas?

Seguro anda con su marido, ¡ese guardia come mierda!; cree que tiene a Dios agarrado por los huevos y a la mejor mujer del mundo. ¡Payaso!, si supiera que su mujer le da más queme que el carajo. ¡Desgraciado, se lo merece por huevón! Como dice su mujer: que él es el del gasto y yo el del gusto, ¡papá!

No lo culpo por ser celoso, ¡su mujer está más buena que el carajo! Llena de carne, con pechos grandes, pezones duros y negros como me gustan y me ponen como loco. Además de ese culo de chomba, duro y firme como avispa, buscando su ponzoña perdida, ¡coño, que ganas tengo de verla!

Y Susana, esa sí que está mamacita, ¡mejor que mandada a hacer!, pero es platera y embustera. Siempre con sus mentiras, que se le murió el tío, el primo, el abuelo y toda la familia. Desde que la conozco, hace tres años, me viene con la misma vaina; pero no me importa, después que me dé lo mío, me da igual lo que ella quiera hacer con su vida y su culo.

Mejor me duermo, mañana debo levantarme temprano para llevar a la Yasmín a la clínica. ¡Ayala vida! ¡En qué paquete me he metido con esa pelaita!, ahora me viene con el cuento que está preñada. ¡Qué lío! Si Susana se entera, me sacará la mierda por meterme con su sobrina, pero es que la chiquilla es tesa.

Además, Susana tiene la culpa por pedirme ese día que le diera el bote a su sobrina. ¿Qué podía hacer? Yo soy un caballero complaciente con las mujeres. Ella preguntaba vainas y aproveché para tirarle su par de cintas en el camino, le invité una pizza, me la llevé al Causeway y después de allí, terminamos en el push. Seguro esa pelaita estaba en lo suyo y ahora me viene con ese cuento, ¡dizque está preñada! ¡Me quiere agarrar de huevón! Mejor salgo de esa vaina rápido, antes que llegue Mónica la otra semana. La verdad es que esos guardias de tránsito están trabajando bien duro en esta pandemia, ¡pobre, mi mujer!

Cuando venga, la trataré bien, le haré su comidita, su masaje, le doy lo suyo como le gusta y la consiento, para que ni se entere de los líos en los que estoy metido, si no, me echa de la casa por perro. La verdad, debo ponerme serio, dejar a ese poco de locas en su mundo y quedarme tranquilo esos días con mi mujer.

Pero es que nadie me entiende, loco, soy un hombre con

suerte, tengo ese encanto que le gusta a las mujeres. Les doy un buen pasar, las hago reír, les compro cariñitos, peluches, chocolate, todas esas vainas que les gustan y le dedico un par de canciones para engatusarlas y, ellas se sienten cómodas conmigo, caen redonditas. Al fin y al cabo, soy un hombre, no soy de hierro.

Es como ese día que dejé a mi mujer en el cuartel. Cuando la dejo ahí por la cuarentena, me da nostalgia, tantos contagios que hay, que no sé si la vuelva a ver. A pesar de lo mujeriego que soy, esa es mi mujer de toda la vida, la que amo desde que éramos novios en el colegio.

A mi regreso, pasé por la cinco de mayo y estaba la Tatiana, necia, preguntándome pendejá, hasta que le brindé unas pintas bien frías. Luego subimos un rato a su cuarto, eso sí, nunca me quité la mascarilla, esas mujeres saben que yo no entro en esa vaina de besadera, yo voy a lo que voy y punto. Al final, le di su salve y listo, sin complicaciones, ni preguntas, ni vergueros, pero a esa loca no le hago más caso, ni la vuelvo a ver, es una cochina, ni rasurada estaba y ese cuarto más asqueroso olía a meado. ¡Chuzo!, pobre pelá, ese vicio, la piedra, se la está comiendo viva, ya hasta habla ponchera y pensar que esa guial era un pay. Mónica siempre me celaba con ella y es verdad, le tenía unas ganas, pero qué va, ahora da lástima. Por eso, yo ni mierda que me quité mi mascarilla, sabrá con cuántos locos ella se acuesta en un día, mejor ni me arriesgué.

¡Qué frío hace aquí, coño! Mejor dejo de imaginar tantas vainas, las mujeres me van a volver loco, como dice mi madre, que un día se me juntará el ganado y se me armará tremendo verguero.

¿Y esas voces de dónde vienen? ¿Por qué hacen tanto escándalo? ¿Qué pasa?

¿Qué busca Susana aquí? ¿Y Claudia, mi vecina?, si le he dicho que no la quiero en mi casa cuando no está mi mujer, no quiero lío con su marido que es policía y se la tira de loco, venga y me meta un tiro. ¿También Mónica?, se supone que vendría la otra semana, ¿qué hace aquí y al lado de Tatiana? ¿Qué es lo que pasa? Esto es raro, ¿qué hacen todas juntas, llorando? ¿Qué carajo lloran?

SOBRE COSTARELO'S

Zoraida Costarelos Barraza:

Oriunda de la provincia de Colón.

Estudió Psicología en la Universidad de Panamá.

Certificada como Coach de Familia y Pareja.

TALLERES LITERARIOS:

Universidad Santa María La antigua: Escribe y publica tu libro – Prof. Ileana Golcher.

TALLER DE ESCRITURA TERAPÉUTICA - ESPAÑA

PROFE 2020 Novela – Prof. Ariel Barría.

PROFE 2021 Cuento – Prof. Ella Urriola.

RECONOCIMIENTO:

Ganadora en el 2021 del Ier concurso de poesía para mujeres, en conmemoración del 8 mayo, por la fundación CLARESAS, con el Ier lugar con el poema: "No estoy sola"

Publicado también en la revista de Chile: letras.25.com

LIBROS:

365 Aforismos de Letras para el alma,

Aforismo para la diversidad,

Cuento de literatura infantil: La oruga soñadora

ANTOLOGÍAS:

El tiempo se detuvo y los cuentos siguieron (Antología de cuentos en tiempos de pandemia) 2021

Entre amigos puro cuento 2021

CUECADAS Antología LGTBIQ de Panamá, con el cuento "Todo por un beso"

EL CABILDEO DE JOSÉ MARÍA SÁNCHEZ

Luis Thurber

Ambientación

*De esos primeros encuentros,
esperaba que ellos pudieran contarme sus interesantes cuentos.
Pero me miraban con extrañeza, con pensamientos llenos de maldad;
sabían que yo no era parte de su disparatada bajeza.
Al seguirme sus miradas, me sobrevino el asombro
y me envolvió el olor a orine en la barriada.
Aún atolondrado, percibí cómo me contemplaban
aquellas estatuas de bronce ilustres y en abandono.
Me relajé y comencé a escuchar lo que hablaban.
Oí el sin sentido de dos o más amigos,
mientras fumaban sus cigarrillos,
como si les faltaran, desde siempre, algunos de los tornillos.
Sabía que una magistral historia de ese barrio de Catedral
debía ser contada, con mi pluma, fuente de palabras.
En medio de ese comején vibrante escuché una profunda voz.
Un indigente, con una inmensa afro cabellera,
la que casi no nos deja ver su rostro calamitoso, me ha pedido una moneda.
Su barba le cubre el pecho, como melena en descuido,
la cual cubría en capullo, al que un día tuvo derechos.
Mientras otro, a él parecido, descansa su flácida humanidad
recostado en la pilastra de un honorable caudillo.
Esa era la realidad de esas calles,
que ahora son parte de nuestra historia, habitadas sin auroras.
Algunos días después, regresé al colonial barrio y,
mientras anochecía, los vi hormiguear en su calvario.
Escuché, esta vez, a uno con espíritu de Victoriano,*

con el cholo atravesado, molesto porque, en su estado de ebriedad,
sobre su pacha de ron se había sentado.
Esta se le había roto y le cortó el glúteo,
por lo que gritaba y maldecía tratando de tragar el cartucho.
Y, después de un largo y doloroso silencio,
comenzó a gritar: "¡Mátenme!, cualquiera que sea, pero ¡mátenme!"
ante mi sorprendida mirada, ya que los otros continuaban encerrados en sus mundos,
sin que a nadie les interesara.
Antes del anochecer, los últimos talingos,
y mansas palomas, se agrupan en los altos esperando,
un nuevo día para ver, a los incautos transitar.

Al oscurecer, en la tarde de aquel viernes veinticinco de julio, desconociendo yo que era el natalicio de José María Sánchez, fui nuevamente al barrio de Catedral. Me senté antes que llegaran los casi dueños de las bancas y cavilo, ¿por qué había tantos problemas en esta nación rica y tan pequeña que, a ojo de cualquier líder mundial, debería ser muy fácil de gobernar?

Irónicamente, la traducción del nombre de Panamá significa copiosidad de peces, representando comida y abundancia de mariposas, que simbolizan nuestros sueños. ¿Dónde quedaban esas provisiones y a dónde volaban como cometas sin cuerdas, esos sueños?

Al poco tiempo, llegó a mi banca uno de los ancianos de cara reflexiva al que, después de un rato, pregunté:

—¿En qué piensa? —Él no se inmutó por la pregunta.

Al volver a interrogarlo, tornó sus ojos sorprendidos y me miró meditabundo, ladeando su rostro, y al instante consulté:

—¿Es usted de aquí? ¿Es usted panameño?

Se desvistió de su dolor y de manera cortés, respondió:

—Sí, soy panameño.

Y continué preguntándole:

—¿Qué es ser panameño? —Para comprobar que estaba conmigo.

Me respondió con esta historia:

«Una apacible brisa marina plena de salados olores comenzó a soplar, como si alguien fragmentara compuertas de un eterno silencio; y de algún lado que no puedo precisar, se escucha la música de retretas pasadas, irradiando vida al encumbrado barrio colonial. Al escudriñar las estructuras encerradas de la Plaza, solo se me ocurre que pueden venir de ese edificio donde cuelga un cartel, conmemorando el natalicio de José María Sánchez.

Los faros afligidos de poca, pero acogedora luz, alumbran las puertas y ventanas de arcos de capiteles decorados con rojas veraneras que se entrelazan en los balcones y pone lustre a la calzada de adoquines, de los que la caudalosa lluvia de dos días se ha llevado el mal olor a urea. Un grupo de restauración limpió, pintó y despejó este parque de viejos árboles de caucho, guayacanes y tamarindos».

Después de este recorrido visual, el anciano se puso de pie y dijo:

—En este último cambio de gobierno, perdí mi trabajo. Sin duda fue el mejor que puede tener un panameño, el de mantenimiento de la plaza donde se encuentra la bandera del Cerro Ancón.

Distraje la atención del anciano, porque noté que un hombre de saco negro se había sentado cómodamente en una silla ubicada en el balcón del letrero, cerca de nuestra banca. Desde acá, se le distinguían pronunciadas entradas en su lacia cabellera y un delgado bigote de antaño. El señor, que me pareció conocido, se interesó atentamente en nuestra historia. Es más, de su traje sacó una pluma con la que parecía escribir los detalles de la narración, lo que me extrañó sobremanera.

El humilde anciano volvió a hablar:

—Esa mañana, en la plaza donde está la bandera del Cerro Ancón, miré el gigantesco pabellón y, aunque era un día de verano y soplaba algo de brisa, este no flameaba. Quizás, el viento no tenía la fuerza suficiente para hacerlo ondear. Y, mientras lo observaba, pensé que tal vez estaba roto; por eso le presté atención. Incluso, averigüé fechas de mejores brisas y al no verlo extenderse, pregunté a los trabajadores más antiguos sobre lo que pudiera estar pasando. Le habían calculado mal el peso para bajar la calidad del material; o a lo mejor, por ser muy pesado, no era capaz de ondear con el viento.

"Pueblo", uno de mis compañeros se sonrió pícaramente, entonces asumí que algo indebido sucedía, pero no me lo iba a decir.

Toda esa primera semana volví la mirada hacia el pabellón, pero no ondeaba. La segunda semana, supuse que quizás lo estaba afectando con *el mal de ojos*, y preferí mirarlo de reojo, pero tampoco sucedió nada. Ya, para la tercera semana, aprovechando cuando quedamos solos, tocaba tiernamente su base, hablándole para animarlo y noté una mirada triste en el azul melancólico de su estrella; mientras tanto, la estrella roja, hundida en las depresiones de la tela, era imposible verla.

Así estuve por algunas semanas, a escondidas, acariciando su asta; le preguntaba cuándo se izaría nuevamente gallardo. Al no ver ningún cambio, pensaba, hasta en mi cama, que mi bandera estaba enferma. Pero todo lo que buscamos vehementemente provoca, en lo etéreo, una respuesta, quizás, no tan convencional como esperamos.

Una noche, soñé con una cárcel local donde estaban dos sujetos encerrados, muy blancos y de apariencias macilentas, vestidos de saco y corbata; se distinguían entre todos los otros reclusos que usaban viejos pantalones cortos y chancletas. Los primeros, a pesar de su apariencia aristócrata, olían extremadamente mal y debido a ello, los otros reclusos le mantenían a distancia.

El custodio le dijo al de saco azul:

—Corrupción, ¡venga *pa 'fuera*!

Este, aunque hedía en gran manera, no afectó al custodio que ya estaba acostumbrado. Y añadió:

—Te dieron país por cárcel y puedes salir; debes firmar una vez cada seis meses, si no estás muy ocupado ese día.

En el sueño, ese siniestro personaje le dejó unos billetes en el bolsillo de la camisa al custodio, quien enseguida se sonrió. Luego, en voz baja, le manifestó:

—Dale al jefe las gracias y dile que también tengo algo bueno para él, que no se preocupe y pronto le haré llegar lo suyo.

Luego se escuchó otro llamado:

—¡Impunidad! —Al escuchar su nombre, soberbiamente miró por encima a todos y luego se sacudió el saco rojo, como la sangre de mi gente. Su gran boca y sus labios rojos desagradan por el intenso color. Al llegar este a la salida, dijo un ¡hasta nunca, muchachos!, riéndose y no dándole la mano al custodio, sino un saludo de un *guiño de ojos* y un largo *shhh...,* llevándose su índice verticalmente hacia la boca, mientras se le comunicaba que quedaba libre por faltas de pruebas y, en otros casos, por haber caducado sus procesos.

Viéndolos uno tras otro retirarse, grité: ¡NOOOOOO! Y me desperté sobresaltado.

Al encender la luz de mi cuarto, vi la foto en la pared donde estamos varios compañeros bajo la triste bandera rojiazul. Me preguntaba si esta era la causa de la enfermedad de la bandera y al no poder conciliar el sueño, escribí esta poesía que leeré para ustedes.

En ese momento había una veintena de personas alrededor escuchando la interesante historia, viendo la genialidad y dialéctica narrativa de este lúcido anciano cubierto por una vagabunda vestimenta. Él, con un manoseado y viejo papel que sacó del bolsillo y con emoción evidente, proclamó:

¡Bandera mía, hermanos panameños!

Grito silente en medio de ti.
Soy tu bandera, humor carmesí.
Desde el Ancón, siendo ignorada.
Sin recordar ya mis luchas pasadas.

Hoy extranjeros preguntan curiosos.
Desconociendo caminos gloriosos.
Cielos y viejos saben de etapas.
Treguas profundas que nadie relata.

Y cuestiono, pues sigo orgullosa.
Ondear quisiera de forma gloriosa.
Al final no cedo a los caprichos.
Y talan fuertes corruptos mi nicho.

Y te pienso sin poder socorrerte,
Sopla bandera, ¿no quieres moverte?...

Llenos de emoción, todos irrumpieron en aplausos. Al final, gritó ahogándose en lágrimas, contestando mi pregunta inicial: ¡Esto es ser panameño! Y concluyó: No es la bandera la que está enferma, es mi pueblo el que está en un estado trágicamente terminal.

Luego hubo un largo silencio, mientras se sentaba lentamente, cerrándose como las plantas dormilonas que abundan en el jardín del legendario parque; allí quedó con la vista levantada hacia el cerro Ancón, en un estado vegetativo, igual que cuando comenzó.

Los presentes cabildean y reparaban momentáneamente en los diferentes problemas nacionales, pero en mis arterias azules y en mis venas rojas, corren esos pestilentes personajes. Porque mi anuencia y poca rebeldía ante lo malo, me hace ser partícipe directo de sus equivocadas acciones. Todos, al confrontar nuestros rostros culpables, sentimos estos personajes en nuestro interior.

Luego que todos se fueran del lugar, preferí quedarme un rato más sentado en la banca de ese parque de Catedral. Miré al personaje que seguía reflexivo, sentado en el balcón y, sin darme cuenta, me quedé dormido. Me despertó un guardia municipal, quien pensó que yo estaba ebrio, detuvo un taxi y me despachó para la casa. En el camino, revisé y tenía todas mis cosas, así que me quedé con una rara sensación de todo lo que había pasado.

Al día siguiente, regresé queriendo revivir la mágica velada y noté el balcón diferente a como lo recordaba. Dudé que fuera el mismo sitio, porque no tenía colgado el letrero del natalicio de José María Sánchez, ni había nada allí.

Me acerqué a uno de los guardias de seguridad que cuidaba la construcción contigua y al preguntarle sobre dicho edificio, comentó que era la tercera persona que le indagaba por eso y, además, acotó:

—Del cartel, de la silla, del candelero y de aquel personaje en ese primer alto es imposible que existan, porque desde que me encuentro hace casi un año cuidando aquí, nunca nadie ha podido llegar a ese nivel, porque el edificio no tiene losas de pisos superiores, ni escaleras por dentro, solo mantiene paredes de la fachada exterior.

Al notar que no le creía, me llevó al viejo edificio hueco por dentro y quedé sorprendido, pues lo único que vi tirado en el piso, entre basura y hierba, y al parecer sin ningún valor, fue un enorme cartel donde se ve el nombre y la foto de José María Sánchez, igual al del misterioso personaje de anoche.

SOBRE LUIS THURBER

Luis Thurber

Nació: En la república de Panamá en 1961.

Estudió: Colegio Militar Leoncio Prado y en Escuela de Oficiales de la Benemérita Guardia Civil del Perú.

Publicó: UPINFORMA Periódico digital de la Universidad de Panamá seis de sus cuentos.

AMAZON tres de sus novelas: *La encrucijada del Coronel, La Piedra de Matachín y El Canto del Lizzetta.*

UN ABUELO LLAMADO TOMÁS

Laura RoS

—Es tan hermoso, que le dije que lo contaría.

En un lugar cuajado de historias, en un punto de la geografía al norte de México, se tejió una aventura de dulces recuerdos sobre un abuelo y su nieta.

Hay de cielos a cielos; estos son especiales, solo asoman unas breves líneas como hechas por un pintor invisible que las pincela.

Imposible dejar de soltar a los siete vientos este testimonio. Son infinitas las anécdotas de los hombres que habitamos el planeta, pero el aire se las lleva. Te invito a estirar la mano para agarrar esta historia.

Ahora, posemos la mirada en un mezquite, un árbol que se distingue por su presencia caprichosa, no es frondoso, con tronco delgado, ramas de color pálido verdoso, habita en terrenos semidesérticos y es el único que ofrece algo de sombra.

Entre la rústica maleza, predominan las tonalidades verde

seco, café oscuro, marrones, y la tierra en tramos craquelada por la sequedad del ambiente, sin faltar lo polvoriento arcilloso.

En el acontecer de un día cualquiera, el sonido del aire gruñía, llevándose cuántas ramas y arbustos secos se desprendían por la aridez de la tierra, esperando su turno para danzar con el viento, grum shshsh grum, son sonidos desérticos, extraños, misteriosos.

Los lugareños y los campos imploraban la lluvia para beber el preciado néctar, la terquedad de un sol avasallante les mantenía implorando a las nubes que se dignaran a descargarlas.

Ansiaban percibir los deliciosos aromas entre la alianza de la tierra y el agua.

—¿A quién no le gusta el aroma a tierra mojada? En esas zonas, el polvo no te deja ver, ¡sólo la lluvia aplaca el terregal!

—¡Sí!, así es, era una zona con vientos muy fríos y polvorientos, con haciendas arrastrando siglos de existencia, abandonadas y maltratadas por los buscadores de tesoros, que escudriñaban cuanto había, derrumbando todo a su paso sin importar la destrucción causada con tal de encontrar los escondrijos de la riqueza. A esos tipos, el valor de las ruinas ancestrales les importaba un bledo, y cual ratas almizcleras dejaron grandes pozos por doquier.

En tiempos de la revolución, los ricos se veían precisados a ocultar sus riquezas, monedas de oro y plata, joyas de piedras preciosas y artefactos de platería.

Corrían las leyendas de aparecidos, decían que ahí donde estaba el tesoro, surgía fuego como una llamarada que emergía y desaparecía. Esos cuentos alimentaban la curiosidad y la ambición, hacía que les crecieran las orejas y abrieran los ojos, sintiendo las joyas entre sus dedos y el chirriar de las monedas. Pero esos vientos también estaban endulzados con otros ecos de ternura y amor.

—Síguele, síguele, me está gustando tu historia. Huele a recuerdos, a sucesos envueltos en voces, que cuentan relatos de contraste, matizados de colores y sabores, sonidos y brisas que testimonian el dolor que escurre sangre, eso tienen los hombres sin ningún escrúpulo: arrasan y cuando quieren algo atropellan sobre lo que sea.

—¡Vaya, qué lugar tan inquietante!, sígueme contando.

—Una de esas haciendas era del tatarabuelo, y luego el bisabuelo se la heredó a Tomás, que, embriagado de felicidad, corrió a pedir la mano de Agustina.

A pesar que los buscadores de tesoros la habían saqueado y destruido, dejándola prácticamente en ruinas, él desbordó su pasión en la restauración.

Soñaba con verla terminada. El esfuerzo y el sudor fueron dando forma a los muros que cobijaron el hogar que quería formar, el techo para resguardarse del viento y la lluvia, las ventanas para ver el cielo, el sol y las estrellas.

Su pensamiento giraba en torno a sus anhelos. La cosecha la vendería y comerían de sus frutos, también destinará un espacio para las caballerizas, la talabartería y la maquinaria para grabar el cuero.

Así, bajo el sol incandescente del mediodía, la polvareda, el fuerte frío de la mañana y la tarde, al fin el sueño se fue transformando en realidad.

Preparó la tierra y pronto las parcelas de maíz, papas, calabazas y tomate dieron fruto. Ese día Tomás se dedicó a celebrar con sus compadres, corrieron ríos de tequila y aguardiente. Al final de la jornada se quedó dormido con su sombrero favorito, uno de ala ancha y gran tamaño, como el que usó Zapata.

Este hombre no logró terminar la primaria, pero desde pequeño se convirtió en un excelente talabartero, un artista trabajando el cuero, hábil y creativo, muy reconocido, que llegó a tener fama de crear las mejores sillas de montar y chaparreras de la región, además de hacer mecates al trabajar con el henequén el ixtle, y la lechuguilla.

Su padre le enseñó a entrenar caballos para las carreras, pues tenían algunos y dos de ellos eran de competencia. Tomás, era un dechado de virtudes.

Singular personaje alto y fuerte, de tez morena, mirada profunda, sus manos fuertes con surcos que enmarcaron la fusión con la tierra para extraer su fruto, su piel denunciaba el rigor de un trabajo arduo, comprometido con la vida.

Con un corazón de oro, apenas levantaba la cosecha, invitaba a los lugareños a llevarse lo que pudieran cargar. Era de esas personas buenas, que al verlas provocan paz y esperanza de un mundo mejor.

Tomás se casó con Agustina, a quien los amigos le decían Tina. Regordeta, con sus mejillas rojizas por el frío, pulcra, con una larga cabellera trenzada, sus delantales almidonados y hermosamente bordados por ella, una mujer laboriosa, amorosa esposa y madre. Pero también era la partera de la comunidad, muy respetada y valorada.

Al cabo del tiempo, llegaron a ser abuelos de dos nietas que poco a poco iban respirando el ambiente campirano.

Una era María, apodada Mariquita, y la otra era Carmen.

Pero desde que la pequeña María nació, fue cuidada por su abuela. Se fue engriendo tanto con los abuelos que ya no quería irse con sus papás, y se fundió entre los muros de aquella amorosa casa.

Su abuelito, entonaba una bella melodía que dedicaba a su adorada nieta, y vibrando entre deliciosas notas, hacía llegar su voz "Adiós Mariquita linda, ya me voy porque tú ya no me quieres como yo te quiero a ti, adiós chaparrita chula...", la niña embelesada le aplaudía a rabiar y lo llenaba de besos.

Mariquita, era el sol del abuelo, proveía ese néctar que lo hacía transformarse.

Un día, los padres de las nietas decidieron emigrar hacia el norte, a la gran metrópoli, para ofrecerles una mejor vida, con más opciones de educación, pues pronto entrarían a la escuela y ahí cerca no había que ofrecerles.

Pero cuando quisieron arrebatar a Mariquita de los brazos de la abuela, esta se aferró a ella y lanzó tremendo alarido. Los padres, sorprendidos, decidieron dejarla para buscar oportunidades, acomodarse y regresar por ella en cuánto fuera posible.

¡Tras!, ¡tras!, se cierra la puerta y aquella niñita se compenetra con la vida rural y campirana, una tierra de embrujo amoroso que la sedujo para siempre.

Entre deslumbrantes magueyes de hojas en roseta, gruesas y carnosas, sobre un tallo corto, cuya piña inferior no sobresale de la tierra, aquel campo cobra una vida de colores y lo hace verse majestuoso.

La niña se desarrolla en aquellos campos con montes de corta estatura y exóticos cactus de todas las formas. Se extasiaba al ver las flores de singular belleza, de brillantes colores amarillos, naranjas, rojos, púrpura.

Pasaba horas viendo crecer a los magueyes y persiguiendo a las traviesas abejas que revoloteaban entre las flores. Al principio, eran chicos como ella, pero con el transcurrir del tiempo, engrandecen a la par de la chicuela. Una de las tareas que le causaba regocijo, era ir acompañada de sus abuelos, a recoger miel, no podía ir sola debido al riesgo de encontrarse con una víbora de cascabel.

Los mezquites eran sus árboles preferidos y tenían una magia particular. Mariquita, consideraba uno en especial su amigo, lo quería mucho, le contaba sus aventuras y al pie del mismo tenía largas conversaciones con su abuelo.

Ella vivía rogándole al abuelo que le enseñara a sembrar y lo acompañaba en cada oportunidad que se presentaba. Pero así también la abuelita Agustina, entre sus múltiples actividades, bordaba manteles muy hermosos y a Mariquita no le pasaban desapercibidos, se sentaba la niña junto a ella y veía bajar y subir la aguja llevando los hilos de colores hacia la tela creando dibujos que la hacían imaginar cuentos. Al mismo tiempo, sus ojos captaron paso por paso, aprendiendo de su abuela.

Los días para esos personajes corrían galopantes, y ella iba agarrada de las crines queriendo atrapar todo lo que sus ojos, oídos y sensaciones le ofrecían, parecía que la niña vivía en una burbuja donde reinaba el juego y la alegría, absorbía la vida en forma insaciable, cada día era una aventura cargada de juguetes.

—¡Abuelito!, ¡abuelito!, enséñame a hacer mecates. Dime, ¿cómo le hago? ¡Te recuerdo que mañana me iré a la labor contigo, me lo prometiste!

Tomás cedió y muy de madrugada se levantaron para irse al campo a sembrar los tesoros de la naturaleza.

La niña se trepaba sobre los fierros del arado, y entre el abuelo y las obedientes mulas llevaban a la pequeña, que, encantada, veía como se iban abriendo los surcos, dejando dibujada la tierra, mientras el momento se convertía en una fiesta al dejar caer las semillas de donde brotará la vida.

Mientras Agustina bordaba, Tomás se acercaba a ella cariñoso.

—Ya ves cuánto le encantan a mi niña las palomitas de maíz, pero ya no quiero ir tan lejos a comprar el grano, lo sembraré para que las tenga.

—¡Qué bueno, viejo!, mañana le preguntas dónde quiere que las siembres para que también ella cuide la parcela.

—A ver mi niña, ¿dónde quieres que siembre el maíz para tus palomitas?

—¡Aquí abuelito, en este pedacito!, aquí, aquí —El dulce sabor de saberse amada por el abuelo la envolvía.

Pero a pesar que el clima no era benigno, estaban muy acostumbrados a tolerar los rigores de las sequías que se prolongaba mucho. Eso propiciaba el acercamiento de ciertos tipos de delincuentes que iban de tierras lejanas buscando dinero que robar y los cuatreros acechaban los ranchos para hurtar ganado. Cada vez eran más frecuentes sus visitas. La comunidad los tenía bien identificados, decidieron colocar en sus casas unas campanas para avisar a los demás de cualquier situación peligrosa y entre machetes y armas diversas, poder acudir en auxilio.

—¡Viejo!, los perros estuvieron ladrando mucho anoche, hay huellas en el granero de sangre y se ve forzado el candado. Seguro los perros los atacaron y no los dejaron entrar.

Ese día, temprano por la mañana, Agustina se dio cuenta que los bravos guardianes no estaban. Se asomó a los alrededores, atrás del rancho encontró sangre y pelo del Pinto, pero el animal no estaba y le pareció muy extraño…

Tomás, apenas se levantó, fue a las parcelas para ver cómo estaban. También debía ir por agua, no había ni para tomar, entonces rogó a Tláloc por lluvia. Mientras, en su pensamiento bullía la inquietud por saber que alguien estaba por ahí merodeando para hacerles daño.

Aunque a Mariquita no le contaban lo que sucedía, ella sospechaba que algo raro estaba pasando. Los perros fueron apareciendo menos Pinto, pero veía a su abuelito preocupado.

La sequía los obligaba a buscar agua en un rancho que estaba a siete kilómetros y ahí va Mariquita con el abuelo, en una carreta cuyos crujidos eran tan fuertes que se oían hasta el poblado más lejano. Pero esta vez, el abuelo se llevó su machete por cualquier desafortunado encuentro.

Entre tumbos y más tumbos, ¡pas!, ¡pas!, ¡traca, traca!, de las ruedas de la carreta, el amoroso abuelo entretenía a su nieta con algunas historias, unas inventadas, otras reales, así le narró cómo fue que su hermano había encontrado un tesoro en la hacienda de su tatarabuelo. Mariquita, abría tremendos ojos y con avidez absorbía las historias del abuelo.

—¡Mira, abuelo, que lindo está el cielo!

Aquel cielo azul era bellísimo, acariciado por la mirada de esa hermosa niña quien, furtivamente, echaba miradas de asombro por doquier, le encantaba mirar la versatilidad en los tonos, como todas las mañanas, el azul era espléndido. El abuelo le había enseñado a mirar el cielo. El día transcurrió sin novedades y la intriga de la desaparición del perro continuaba.

Aunque la situación era tensa, Mariquita vivía en la nube del encantamiento, la vida seguía siendo un placer. Con gran brío la pequeña lucía sus largas trenzas y sus moños de color rojo, esa mañana vestía de rayitas y sus lindos huaraches rematados por una flor. Se distinguía entre el ambiente natural, pero áspero, que ella veía como un paraíso. Se contoneaba al caminar con aquella canasta tan danzarina como ella, al ritmo de su andar, un saltito por aquí y otro por allá, la alegría se le desbordaba, tenía una gran encomienda que cumplir y lo hacía con todo su amor, llevarle como siempre el almuerzo al abuelo a la labor.

El mezquite era el sitio ideal. Al pie de ese árbol, testigo fiel y compañero del particular dueto, extendían un mantel y servilletas bordadas por la abuela, listos para degustar las deliciosas viandas que siempre les provocaba chuparse los dedos.

Aunque había ocasiones en que también ella los acompañaba, ese día prefirió quedarse en casa observando cualquier situación de alerta, por lo que había sucedido con los perros y la sangre que encontraron.

Después de comer, observaban desde ahí la siembra y él comentaba si sentía que iba a ser un buen año y lo que opinaba sobre una buena o mala cosecha.

El abuelo contestaba cuánta pregunta surgía de esa nieta ávida por tragarse el mundo.

—¡Abuelito! Cuéntame, ¿cómo se prepara la tierra? ¿Cómo es que sale el maíz?, ¿cómo se van formando los elotes?, ¿cómo salen los hilitos? ¿Por qué se dan las flores?

—Mi niña, solo te puedo decir que la madre tierra es prodigiosa y nos ama tanto que es la forma de decirnos cuánto nos quiere.

—Pero, abuelito, ¿por qué atacan las víboras?

—Ningún animal te va a hacer daño si tú no lo molestas, si ves una víbora ¡Aléjate! Si ves otro animal cualquiera. ¡Aléjate!

Las charlas eran interminables, pero el deber llamaba.

El mezquite fiel, atento absorbía las mieles de esos encuentros, todos los seres vivos se nutren de un ambiente amoroso y esas voces quedaban impregnadas en su tronco y ramas, para luego dejarlas viajar con el viento.

La llegada de la noche era otro momento embriagador, el aroma del café olía a hogar, siempre había té para cenar. Al terminar, el abuelo la llevaba a dar un paseo corto en el caballo o se sentaban los tres afuera de la casa, en una piedra rectangular se ponían a perseguir estrellas, se divertían jugando a ver quién lograba ver la estrella que se moviera primero.

—Abuelito, ¿por qué se ve esa nube tan larga en el cielo?

—Mira —respondía el abuelo—, esa nube que se ve, es el camino que trazó Dios para llevarnos hacia el cielo.

Así, platicaba del lucero, de las estrellas que formaban la carreta, la osa mayor, la osa menor, escudriñando aquellas formas, la niña le decía:

—No la veo, abuelito. ¿Dime dónde está?, ¡ah, sí, la carreta ya la vi!

Darles forma a las nubes era otro de los juegos, hasta que llegaba la hora de cenar. Después entraban a su casa, la abuela preparaba un delicioso café y mientras lo tomaban, escuchaban la estación de radio XET, una estación de apoyo para los migrantes, transmitían noticias a sus seres queridos a través de sus programas. El papá de Mariquita llamaba a la difusora entre las siete y ocho de la noche para decirles cómo estaba.

—¡Mariquita!, ¡Ven pronto que tu papá ya va a entrar al programa, córrele!

Al oír la voz del padre, la emoción se desbordaba…

—Papá, ya encontré trabajo, estamos bien. Los amo, díganle a mi niña que la quiero y deseo verla, les mando muchos saludos y abrazos a todos, dile a mi mamá que los extraño —Canto para los oídos del abuelo—. ¿Ya oíste la voz de tu papá hijita? ¡Qué bonita voz tiene mijo!

—Sí, abuelito, se escucha muy bonita la voz de mi papá.

Para la realidad moderna es increíble de concebir, pero en aquel tiempo, la única forma de comunicación para los habitantes de las zonas rurales, era la radio. Se convertía en la paloma mensajera para dejar tranquilos los corazones de mucha gente. Las novelas y los programas musicales eran el gran divertimento.

Pasaron los días y el ambiente se aquietó, el perro guardián desapareció, no volvieron a saber de él.

Al fin las torrenciales lluvias llegaron. Aplanaba la tierra y los aromas brotaban para regalar su perfume; era como un elíxir que alivia la sequedad tormentosa que tanto los agobiaba.

Justo ahí, al lado del mezquite, se formaba un gran estanque, la naturaleza prodigaba magia, se llenaba de patos y garzas, ¡Un espectáculo! El paraje se transformaba en otro, totalmente diferente al polvoso que habíamos contemplado.

Cuando el estanque se rebosaba de agua, la niña jugaba en la orilla y contemplaba el vuelo de las aves y la frescura del agua. Le gustaba juntar muchas hojas junto al mezquite para crear un colchón y caer en ellas. Su abuelo, había colgado unos mecates en la rama del árbol para ponerle un columpio.

Pero no todo era miel sobre hojuelas, regresó el rumor que se había visto a unos tipos, seguro con intenciones malsanas.

La vida de los papás de Mariquita seguía transcurriendo cada vez más estable, pero no era fácil visitarlos, apenas se veían una vez al año. El encuentro era en un pueblo misterioso llamado "Real de las minas", por donde pasaba el tren para ir a la capital.

Les avisaron a los abuelos que irían a buscarlos para saludarlos y comunicarles los planes que tenían para su hijita.

Llegó el día y, al bajarse del tren, corrieron a estrecharse todos con el corazón encendido de emoción, las lágrimas brotaron y los mocos desencadenados se manifestaban desbordados.

—¡Papá, venimos por la niña!, es tiempo que regrese con nosotros, es necesario que se regularice con sus estudios.

Mariquita lanza un grito lastimoso, que se oyó a través de los cerros.

—¡No! ¡No quiero! ¡Por favor, no me lleven! ¡Abuelitos, no me dejen ir! —Las lágrimas escapaban con un caudal de dolor y desesperación.

—¿Qué hacemos? —Las miradas se cruzaban con ansiedad e incógnitas, pero captaron el dolor de la niña y decidieron dejarla—. Entonces, quédate, pero, te preparas, porque el siguiente año, aunque no quieras, te vas a ir con nosotros.

La niña se queda sollozando con tristeza por la noticia, tanto distanciamiento con los papás propició un mayor afecto hacia los abuelos.

El regreso estuvo impregnado de reflexiones, se hizo el silencio. Tomás, en sus cavilaciones, se preguntaba ¿Qué tan conveniente era que la niña siguiera viviendo con ellos sin seguir el ritmo normal de sus estudios? No era suficiente con un solo maestro, además de privarla de la presencia de sus padres y hermanos.

Ese día, ya era tarde, hora de la cena, cuando de pronto los ladridos de los perros empezaron a escucharse armando gran alboroto. Tomás salió a ver qué pasaba y los encontró agitados alrededor de un gran pozo. Al asomarse, vio agazapado en el pozo a un hombre.

Tomás enardecido de rabia, le gritó.

—¡Sal de ahí, maldito desgraciado!, ¡ahorita te voy a dar tu merecido, cabrón!

Dando tumbos el tipo salió de la madriguera con un cuchillo en la mano y se abalanzó sobre Tomás. Él lo esquiva, pero se emprende una lucha campal para desarmar al individuo y cuando lo logra, empiezan a llover salvajemente los puñetazos de los dos, uno tras otro en un intercambio de golpes por salvar la vida. La rabia de Tomás lo tenía encendido, y entre el forcejeo el tipo le lanza un gran golpe que lo tira al piso y le deja ir una patada a las piernas. Tomás lo agarra del tobillo y también lo derrumba. El extraño busca defenderse y salir lo mejor librado de esa tremenda paliza.

Al oír tal alboroto, Agustina se da cuenta de lo que sucede y corre a repiquetear con toda su fuerza la campana para pedir auxilio a los vecinos. El ruido de las campanas es ensordecedor ¡Tolón, tolón, tolón, tolón, tolón!

Entre aquella oscuridad y el silencio de la noche, el sonido estruendoso alerta a la comunidad y la gente se lanza guiada por el sonido para saber quién necesitaba ayuda y brindarle auxilio.

—¡Alto, alto!, ¡maldito rufián, te tenemos cercado!

Al verse rodeado por diez hombres armados con machetes, el sujeto no tuvo más que dejar la lucha y bajar la cabeza.

—Tomás, ¿qué quieres que hagamos con él? —preguntaron los hombres.

—¡Habla, desgraciado!, ¿qué querías? Aquí vivimos gente trabajadora y honesta, no permitiremos que cualquier cabrón quiera quitarnos lo que tanto trabajo nos cuesta.

—¡Perdónenme! —dice angustiado y cae al piso de rodillas— ¡Estoy desesperado y no tengo trabajo! ¡Mi familia no tiene que comer!

—A ver muchachos, pongamos a trabajar a este hijo de la chingada que quiere las cosas fáciles. Amarrenlo y mañana veremos.

Al día siguiente se reunió la comunidad de vecinos con Tomás y le ofrecieron a ese pobre sujeto una esperanza.

—Aquí te vas a quedar a trabajar la tierra y sabrás lo que es ser hombre y no andar de cabrón en busca de comida a costilla de otros. Te ayudaremos para que tus hijos y tu esposa no pasen hambre; aquí tendrás un lugar donde vivir, pero te lo ganarás con el sudor de tu frente.

—¡Uffff! ¡Quién iba a pensarlo, un dolor de cabeza menos!

Pero, Tomás angustiado, le dice a Agustina.

—El rumbo está trazado. Mariquita tarde que temprano tendrá que irse, nosotros ya estamos viejos y la situación está cada vez más difícil por acá. Así como este hombre vendrán otros, quizás llegó la hora de cambiar el rumbo. No quiera Dios que un día de estos venga un desalmado, me dé un tiro y ¿qué van a hacer ustedes dos aquí solitas?

—¡Pues, ahí verás, Viejo! Ahora se hará lo que tú consideres que sea mejor para todos —Le costó mucho tomar la decisión, pero todo tiene su tiempo, y era necesario dar el paso.

Llegó el día en que Tomás consiguió un comprador y vendió el rancho.

Cuándo firmó el contrato de venta con su compañero de camino "el sombrero de ala grande", se encontró totalmente desolado y fue a refugiarse al mezquite, a llorar su suerte.

Sus compas se enteraron y fueron en su busca con una buena dotación de tequila. Entendiendo su pesar, abrazados con él al pie del árbol, cantaron, lloraron y brindaron, hasta quedar sin voluntad. Finalmente, lo acompañan a su casa dando tumbos, lo dejaron caer como piltrafa en un sillón, y partieron en rastra con la pena del amigo y vecino. La guarapeta de alcohol era tan fuerte como la aflicción que lo consumía y en un instante, como si le hubieran clavado una estaca en el corazón, se lleva la mano al pecho, emite un quejido con un rictus de dolor y se desploma en el piso sin sentido. El sombrero, como testigo de su historia, es expulsado de su cabeza, cae al lado de su dueño y se detiene para acompañarlo en su silencio.

SOBRE LAURA ROS

Mexicana de origen, por adopción Panameña. Un día los vientos huracanados de la vida la llevan a depositarse entre el canto de las olas y las alas de las aves. Embelesada con el teñir de los cielos, se entrega a la seducción constante de este hermoso país que ahora ama.

Las letras y la música son su pasión, desde niña cultivó el piano, la pintura la lectura y la escritura. Por su profesión dentro del área de la conducta ha incursionado en temas sobre el conocimiento del comportamiento del hombre, en el que plantea el rompimiento del paradigma de la edad y publica su primer libro "Corazón Sin edad" editado y presentado en México en el 2019 en la embajada de México en Panamá en enero del 2021.

En este aciago año sin imaginar lo que venía inició un diplomado de Creación Literaria por la Universidad Tecnológica de Panamá pero se suspende presencialmente por la pandemia y continúa virtualmente hasta concluirlo y obtener el anhelado título. A sí mismo a través del Ministerio de Cultura, en su Programa de Formación de Escritores recibe el título de su curso PROFE Novela 2020 impartido por el connotado escritor recién fallecido Prof. Ariel Barría.

Forma parte del Círculo de lectura de la Casa de México y coordina un grupo de lectura "Camino entre libros" con participantes en México y Estados Unidos. También en forma virtual desde la Cd. De México formó parte del seminario introducción a la Literatura Moderna y Contemporánea de México con la coordinación de Casa Estudio 100 años de soledad. Gracias al patrocinio de la UANL, a través de la secretaría de Cultura y la Facultad de Filosofía y Letras así como la Universidad Veracruzana.

9 789996 217 12 5 6